THEATERBIBLIOTHEK

Ad de Bonts *Eine Odyssee* entstand als ein viel beachtetes Großprojekt für das Junge Schauspielhaus in Hamburg. Der niederländische Autor dramatisierte das homersche Epos mit Blick auf die zerrissene Familie. Gleichzeitig gelingt es ihm, den Bogen von der antiken Geschichte bis zu heutigen Familiengeschichten zu spannen. Geschickt wechselt Ad de Bont zwischen Hexametern und Alltagssprache. Indem er zwischen den ersten und den zweiten Teil der *Odyssee* die Stücke *Haram* und *Desaparecidos*, einfügt, die das Thema der zerrissenen Familie an aktuellen Beispielen variieren, wird das Bewusstsein für die Gegenwärtigkeit des Mythos geschärft.

»Ad de Bont ist eine aufwühlende, anrührende Neudichtung der *Odyssee* gelungen.« *NDR Kultur*

»Es gelingt der Spagat zwischen griechischem Epos nach Homer und moderner Familiensaga. Der niederländische Autor Ad de Bont macht ein Werk der abendländischen Literatur mit modernen Elementen für junge Zuschauer greifbar.« *Die Welt*

Ad de Bont

Eine Odyssee

Deutsch von Barbara Buri

Verlag der Autoren

Niederländische Originaltitel:
Een Odyssee
Haram
De dwaze Vader

Bibliografische Information Der Deutschen Bibliothek
Die Deutsche Bibliothek verzeichnet diese Publikation in der Deutschen Nationalbibliografie; detaillierte bibliografische Daten sind im Internet über http://dnb.ddb.de abrufbar.

Verlag der Autoren GmbH & Co KG
Schleusenstraße 15, D-60327 Frankfurt am Main
Tel. 069-238574-20. Fax 069-24277644
e-mail: theater@verlag-der-autoren.de. www.verlagderautoren.de

Satz: PL Software, Frankfurt am Main
Druck: betz-druck GmbH, Darmstadt

ISBN 978-3-88661-302-1
Printed in Germany

Inhalt

Eine Odyssee

Ad de Bont schrieb *Eine Odyssee* als Auftragswerk für das Deutsche Schauspielhaus in Hamburg. Es wurde konzipiert für ein Theater, das sein Publikum an verschiedenen Orten in verschiedenenen Zeiten abholen sollte. Die beiden Stücke *Haram* und *Desaparecidos* wurden deshalb in Hamburg als Entreakt zwischen dem ersten und zweiten Teil der *Odyssee* parallel gespielt.
Alle drei Stücke können aber unabhängig von einander aufgeführt werden.

Odyssee – Erster Teil

PERSONEN

ODYSSEUS
PENELOPE
EURYKLEIA
TELEMACHOS
ATHENE
MENTES
ZEUS
HERMES
POLYPHEM
KALYPSO
SIRENEN
NAUSIKAA
FREUNDIN
ANTINOOS
KÖNIG
DEMODOKOS
POSEIDON
ANTIPHATES
EUMAIOS
AGAMEMNON
EURYMACHOS
MESAULIOS
KIRKE
ZWEITER ODYSSEUS

Das Stück kann mit sechs Schauspielern gespielt werden.

ERSTER TEIL

1
Auf der Insel der Kalypso

Odysseus

ODYSSEUS
Seht mich hier sitzen, den griechischen Helden, den großen Odysseus,
Fest in der Hand der Kalypso, der mächtigen Nymphe der Insel,
Die Ertrinkende sammelt als Trost für die einsamen Nächte.
Hoch über schäumender Brandung auf steiler Klippe verweil ich,
Klagend und lechzend nach Glück, das in früheren Zeiten mir hold war,
Jammernd mich sehnend nach Haus und Hof, wo mein Sohn ward geboren,
Zwanzig Sommer sinds her. Mein Sohn, der nie auf dem Schoße
Seines Vaters gesessen, nie an der Hand seines Vaters
Gehen gelernt und mich nicht erkennt, sollt ich je wieder heimkehrn.
Dort verließ ich die Frau, meines Daseins strahlende Sonne,
Um vor Troja zu kämpfen, der prachtvollen Stadt, mit dem Namen
»Stadt der Pferde«, doch dann geschleift durch die List des Odysseus.
Nichts ist geblieben vom großen Helden, umjubelt von allen,
Nur dieses elende Häufchen, Spielball der launischen Götter,
Ziel allen Spotts. Er ist herzlos vergessen von Zeit und von Menschen.
Meine Geschichte, sie wird in Schrift überleben die Zeiten.
Ich aber sterb wie ein Hund, betrauert nur von Kalypso,
Tochter des Atlas, Königin der Insel Ogygia,
Wo sie mich einsam festhält, mehr schon als neun lange Jahre.
Pallas Athene, geboren aus Zeus, du Göttin der Weisheit,
Ich fleh um Fürsprach. Erweich mit zarten Worten den großen
Zeus, den Wolkensammler, Schleuderer strafender Blitze,
Himmelsverfinsterer, dank seinem Schild, der »Ägis« genannt wird.
Denn der mächtigste aller Götter, der jeden Bettler,
Fremden umsorgt, er wird auf die Tochter, die Liebliche, hören.
Dich, erhabene Pallas Athene, Göttin des Speeres,
Bitt ich, Odysseus, den Städtebezwinger, nicht zu vergessen.

2
Ithaka

Penelope, Eurykleia, Telemachos

PENELOPE

Eurykleia. Ist es schon Tag?
Schon wieder? Wozu?
Um zu quälen, wer schwach ist,
wehrlos, alt, runzlig, knochig, ohne Träume?
Um der Welt zu beweisen,
dass eine Frau ein Nichts ist?
Ein lästiger Splitter,
ein Staubkörnchen im Haus?
Helios!
Verräterischer Sohn Hyperions.
Lass deine geflügelten Pferde,
deinen goldenen Wagen
in der nächtlichen Bucht des Ozeans.
Lass die Tage, die Wochen, die Monate, die Jahre,
lass sie neben deinem glänzenden Throne warten,
warten, warten, warten.
Bis er zurückkommt,
der lang Verschwundene,
Odysseus, der Meine.
Der Mann, der seine Frau, sein Kind, sein Land,
alles verließ, um zu kämpfen.
Kämpfen wofür?
Für Troja, für Helena,
Phantom der Ehre?
Eurykleia! Halt mich fest.
Es dreht sich alles, ich wanke.
Ein großer Adler mit krummem Schnabel
kommt aus dem Gebirge,
fliegt auf unseren Gänsejungen zu,
fällt ihn an,

hackt ihm die Augen aus.
Blutend,
schreiend vor Schmerz
windet er sich auf dem Boden.
Dann macht sich der Adler über die Gänse her,
die auf dem Felde Körner fressen,
bricht ihnen das Genick,
würgt sie tot,
fliegt wieder weg,
aufsteigend in das gleißende Licht.
Da liegen sie,
der Gänsejunge und seine Gänse,
in einer Lache Blut.
Ich weine, ich weine.
Der Adler kommt zurück,
lässt sich auf dem Dachrand nieder
und sagt: Mut, Tochter des Ikarios,
Mut,
ich komme.
Das sagt er, Eurykleia,
ich komme,
ich komme.
Aber wer ist er?
Wer wird kommen?
Und warum das Blutbad?

TELEMACHOS

Meine Mutter sagt, ich, Telemachos, sei der Sohn des unvergleichlichen Odysseus, des unsterblichen Helden von Troja. Schön. Wird schon so sein. Ich weiß es nicht. Ein Kind weiß nie sicher, wer sein Vater ist, und ich schon gar nicht, ich habe meinen Vater noch nie gesehen. Er war schon weg, als ich noch in der Wiege lag. Das ist jetzt zwanzig Jahre her. Er kommt sicher nicht mehr zurück. Seine Knochen treiben auf dem Meeresgrund oder liegen verstreut in den Bergen, von wilden Hunden abgenagt. Ruhmreich war sein Leben und erbärmlich sein Ende: vielleicht erstickt an einer Fischgräte,

von einer Schlange gebissen, schlafend ertrunken, verbrannt, als eine Laterne umfiel. Mir wäre lieber, er wäre in Troja gefallen. Wie Achilleus, der Sohn des Peleus und der silberfüßigen Thetis. Als die Götter ihn wählen ließen zwischen einem ruhmreichen kurzen Leben und einem langen ohne Ruhm, entschied er sich für das erste. Hätte mein Vater auch tun sollen. Dann hätten seine Freunde ihm ein prächtiges Grab errichten lassen und, während ihre Schiffe ausliefen, seinen Namen dreimal laut auf das Meer hinaus gerufen: Odysseus, Odysseus, Odysseus. Und er hätte seinem Sohn einen heldenhaften Namen hinterlassen.
So ist er vor zehn Jahren auf dem Heimweg spurlos verschwunden, ruhmlos verendet. Hat mir und meiner Mutter nur Trauer hinterlassen und einen wackligen Thron. Denn das Volk murrt, weil sich meine Mutter nicht wieder verheiraten will. Er kann noch zurückkommen, sagt sie, er kann eines Tages noch zurückkommen.

3
Auf dem Olymp

Athene, Zeus, Hermes, Polyphem

ATHENE

Vater, Zeus im Olymp, du Höchster unter den Göttern,
Könige mögen Verbrechen begehen, so viel sie nur wollen.
Lass es zu, dass sie heucheln, Menschen betrügen und morden.
Dass sie rauben und plündern, Völker bedrohen, vernichten.
Denn warum soll ein König versuchen, Gutes zu schaffen,
Wenn nicht einer von uns, des Olymps unsterblichen Göttern,
Ihm dafür dankt? Nimm Odysseus, den Schlausten unter den Griechen,
König von Ithaka, listenreicher Sieger von Troja.
Er hat den Krieg gewonnen, Fehde von zehn langen Jahren.
Doch welches Schicksal ist ihm beschieden? Über die Meere
Irrt er ohn Ende und sucht die Heimat, die stets weiter wegrückt.

Auf ihrer Insel hält ihn jetzt fest die Nymphe Kalypso,
Das bedeutet Verbergerin. Vater, warum, bitte sag mir,
Lässt du Odysseus nicht heimkehrn? Ist doch keiner auf Erden
Edelmütiger, kraftvoller, schöner und sanfter, als dieser.

ZEUS

Halt ein, Herzchen. Hörst du dich reden? Ist das die Stimme einer Göttin oder einer verliebten Frau?

ATHENE

Und? In wie viel sterbliche Frauen hast du dich verliebt?! Mit wie vielen hast du Kinder?!

ZEUS

Schon gut, schon gut. Aber mach dir nichts vor, liebe Pallas Athene. Du weißt so gut wie ich, warum Odysseus noch nicht zu Hause ist.

ATHENE

Geht das wieder los!

ZEUS

Poseidon ist nun mal mein Bruder. Und wenn jemand meinem Sohn das einzige Auge ausstechen würde, wäre ich auch wütend.

ATHENE

Polyphem, der Widerling, hat sechs Männer des Odysseus gefressen. Zwei auf einmal, in jeder Pranke einen, schmetterte er sie mit den Köpfen gegen die Felswand, riss sie in Stücke und fraß sie auf.

ZEUS

Übertreib nicht.

ATHENE

So war es. Und er hätte alle zerrissen, hätte Odysseus sich nicht eine List ausgedacht.

ZEUS

Du hast eine blühende Phantasie, mein Herzchen.

ATHENE

Hermes, erzähl du es dem Vater.

HERMES

Was?

ATHENE

Was in der Höhle des Polyphem geschehen ist.

HERMES

Das weiß er doch.

ATHENE

Das weiß er nicht. Poseidon erzählt immer nur den Schluss.
Und mir glaubt er nicht.

HERMES

Gut. Wenn Vater es will, erzähl ich es.

ZEUS

Tu das, mein Junge. Du bist ja der Bote.

HERMES

Als Odysseus die friedlichen Lotophagen verlassen,
Blütenessendes Volk, da schlugen die Männer die Riemen
In die aschfahle Salzflut und kamen zu den Kyklopen,
Bestiengleichen Menschen, hausend in finsteren Höhlen,
Hoch in den Bergen, zügellose, verwegene Herde,
Kennt kein Gesetz, kein Gebot. Odysseus und zwölf seiner Männer
Gingen an Land auf der Suche nach Gastfreundschaft, Wasser und Nahrung.
Als die Nacht kam, fand Odysseus die schützende Höhle
Des Polyphem, des Einaugs, des Sohns des großen Poseidon,
Gottes der Meere. Sie krochen hinein und entfachten ein Feuer,
Opferten Wein den Göttern. Doch noch bevor sie gegessen,
Trat in die Höhle, mit ohrenbetäubendem Krachen, das Scheusal;
Fluchend und johlend, schwitzend und stinkend aus jeglichen Poren.
Als er sie sah, mit dem Aug des Kyklopen, brüllte er lauthals,
Fragte Odysseus:

POLYPHEM

Wer bist du?

HERMES

Odysseus, der listige gab ihm
Antwort und sprach:

ODYSSEUS

Mein Name ist Niemand.

POLYPHEM

Niemand, ist Niemand?

ODYSSEUS

Niemand. So nennen mich Vater und Mutter, seit ich geboren.
Über endlose Wasser und Meere sind wir gekommen,
Stürmen trotzend, auf berstendem Schiff. Mit Ehrfurcht und Demut
Bitt ich um Gastfreundschaft, Speise und Trank, einen Platz, um zu schlafen.

HERMES

Gastfreundschaft aber, göttliche Weisung, verachtet das Einaug.

Polyphem lacht.

HERMES

Plötzlich nahm der Kyklop einen mächtigen Steinblock und rollte
Ihn vor die Höhle. Da waren die siegreichen Männer gefangen.
Er, Polyphem, mit gestrecktem Arm, ergriff zwei der Männer,
Schlug ihre Köpfe, als wären es Hunde, gegen den Felsen,
Saugte die Hirnschalen aus, als wären es Häuser von Schnecken,
Und Odysseus beäugend:

POLYPHEM

Dich ess ich später, du Niemand,
Dich verzehr ich zuletzt.

HERMES

Dann versank er in traumlosen Schlummer.
Aber Odysseus schlief nicht, das Schicksal der tapferen Freunde
Hielt ihn wach. Polyphem zu töten wär unklug. Für immer
Wäre die Höhle versperrt und alle wären des Todes,
Stürben vor Hunger und Durst. Einen Pfahl ergreift er und spitzt ihn,
Legt ihn dann in das gleißende, lodernde Feuer und bohrt ihn
Unerschrocken ins Auge des feisten Kyklopen. Der brüllte,
Tobte vor Schmerz, bis andere Ungeheuer der Gegend
Angerannt kamen mit düsteren, drohenden Stimmen ihn fragten:
Wer bedroht Polyphem? Worauf dieser jammernd hervorstieß:

POLYPHEM

Niemand, Niemand, Niemand.

HERMES

Verärgert, die stämmigen Schultern
Hebend, stampften die wilden Kyklopen davon und Odysseus

Und seine Freunde blieben allein mit dem blinden, vor Schmerzen
Rasenden Polyphem, in der Grauen erregenden Höhle.
Diese war immer noch dicht versperrt durch den riesigen Felsblock.

POLYPHEM

Vater Poseidon, mächtiger Gott der Meere, erhör mich:
Räche das Aug deines Sohnes. Lass den Mann, der das Licht mir
Raubte, lass ihn krepieren, dass er die fruchtbare Insel
Seiner Geburt, das herrliche Ithaka, nie mehr erblicke.
Lass ihn verrecken im Sturm, im wilden Orkan, in der Springflut.
Lass ihn ersaufen, den räudigen Hund. Lass sein Weib und sein Söhnchen
Warten, warten, bis niemand mehr glaubt, dass er je wieder heimkehrt.
Sollte das Schicksal ihm doch eine andere Zukunft bescheren,
Was ich nicht hoffe, bereit ihm dann wucherndes Elend, Poseidon.
Vater, ich bitt dich, leih mir dein allsehend Auge, damit ich
Ihn und die Freunde greife, bevor sie die Höhle verlassen.

HERMES

Aber der listenreiche Odysseus täuschte ihn wieder.
Biegsame Ruten nimmt er und bindet jeweils drei starke
Widder damit zusammen und unter den mittleren hängt er
Einen der Männer. Er selber krallt sich unter den letzten,
Allergrößten der wollreichen Widder. Als es so weit ist,
Und der Kyklop seine Tiere hinausbringen will auf die Weide,
Rollt er den Felsblock weg und tastet mit lüsternen Händen
Über die Rücken der Tiere, menschliches Fleisch sich erhoffend.
Keinen einzigen fasst er und heil entkommen Odysseus
Und seine Freunde der ungezügelten Fressgier des Einaugs.

ZEUS

So hat Poseidon es nie erzählt.

ATHENE

Das dachte ich mir. Wo ist dein Bruder?

ZEUS

Bei den Äthiopiern.

ATHENE

Was macht er dort?

ZEUS

Ein Opfer empfangen. Hundert Widder und Stiere.

ATHENE
Wann kommt er zurück?

ZEUS
Keine Ahnung.

ATHENE
Umso besser.
Vater, lass uns Hermes nach Ogygia schicken, er soll der Nymphe sagen, sie müsse Odysseus gehen lassen.

ZEUS
Jetzt gleich?

ATHENE
Ja. Ich gehe inzwischen nach Ithaka zu Telemachos, und spreche ihm Mut zu. Komm, Bruderherz.

Athene und Hermes ab.

ZEUS
Einst war ich Zeus, der seinen mächtigen Vater besiegte,
Der seine Brüder und Schwestern von allen Titanen befreite.
Vor meinem flammenden Zorn erbebten Berge und Meere.
Jetzt sagt die herrische Tochter, was ich tun soll, was lassen.

4
Auf der Insel Kalypso

Kalypso, Odysseus, Hermes

KALYPSO
Odysseus.
Komm rein.
Bleib nicht dort sitzen.
Es wird kalt.

ODYSSEUS
Mir ist nicht kalt.

KALYPSO
Du zitterst.
Du zitterst am ganzen Leib.
Komm mit.
Sei nicht bockig.
Sei lieb.
Ich werde dich verwöhnen.
ODYSSEUS
Das Meer beruhigt mich.
KALYPSO
Vom Meer wurdest du angeschwemmt,
ein Geschenk der Götter.
Sie kommen nicht gerne auf diese Insel,
ich weiß nicht, warum.
Du umklammertest den Mast deines Schiffes,
das mit Mann und Maus gekentert war.
Nur du bliebst übrig,
nur du warst stark genug,
das leichenkalte Wasser zu überleben.
Neun Tage triebst du auf dem Wasser,
am zehnten wurdest du hier angespült,
um mich, einsame Nymphe,
glücklich zu machen.
Wars nicht so?
ODYSSEUS
Ja, ja.
KALYPSO
Und selber wieder glücklich zu werden.
Mein Vater ist ein Gott, Odysseus.
Der Gott, der das Himmelsgewölbe trägt,
der große Atlas.
Wenn du willst, kann ich dich unsterblich machen.
ODYSSEUS
Kalypso, du meinst es gut.
Aber ich habe Heimweh.
Ich möchte nach Hause.

KALYPSO
Heimweh?
Wonach?

ODYSSEUS
Nach Ithaka.
Nach dem Land meiner Jugend.

KALYPSO
Nach deiner Frau, meinst du.

ODYSSEUS
Auch.

KALYPSO
Wie kannst du dich nach einem sterblichen Menschen sehnen,
wenn du bei einer Göttin bist?

ODYSSEUS
Das weiß ich nicht.

KALYPSO
Bin ich nicht schön?

ODYSSEUS
Du bist schön.

KALYPSO
Man nennt mich die flechtenschöne Nymphe.

ODYSSEUS
Dein Haar ist wunderbar.

KALYPSO
Was ist es dann?

ODYSSEUS
Ich möchte den Rauch aufsteigen sehen über Ithaka.

KALYPSO
Wenn du heimkehrst,
ist deine Frau alt.

ODYSSEUS
Wie ich.

KALYPSO
Du nicht.
Du bist noch jung, stark, schön,

und wenn du bei mir bleibst,
wirst du ewig jung sein.

ODYSSEUS
Lass mich gehen, Kalypso.

KALYPSO
Nein.
Du gehörst mir.
Der Gott des grenzenlosen Meeres
hat dich
mir gegeben.
Du bleibst hier.

Hermes tritt auf.

KALYPSO
Hermes, Argos-Töter, von allen Göttern der Schlauste.
Hüter des goldenen Stabs, der Schlaf verleiht oder wegnimmt.
Schnellster Bote der Götter, was führt dich auf diese Insel?
Suchst du hier einen ruhigen Ort, die Nacht zu verbringen?
Hast du Botschaft der Götter? Du weckst meine Neugier, erzähle.

HERMES
Tief über Wellen gleitend, den Wunderstab als mein Ruder,
An meinen Füßen die unverwüstlich goldnen Sandalen,
Bin ich auf Drängen des mächtigen Zeus mit fliegenden Schritten
Eilend gekommen. Ich bring eine wichtige, dringende Nachricht.

KALYPSO
Eine dringende Nachricht?
Vom großen Zeus?
Für mich?
Erzähle,
erzähle.

HERMES
Kann ich etwas zu trinken haben?

KALYPSO
Verzeih mir.
Ich habe so selten Besuch,
dass ich die Sitten der Gastfreundschaft vergessen habe.

HERMES

Erfrischend.

KALYPSO

Selbst gemacht.

HERMES

Darf ich mir die Füße waschen?

KALYPSO

O ja, natürlich.

HERMES

Und ein Tuch?

KALYPSO

Bitte.

HERMES

Schön, ist es hier.

KALYPSO

Du warst doch schon hier.

HERMES

Schön aber einsam.

KALYPSO

Meistens, ja.

HERMES

Und jetzt?

KALYPSO

Seit Odysseus hier ist, nicht mehr.

HERMES

Liebst du ihn?

KALYPSO

So wie Helios farbenprächtig aufsteigt am Himmel,
So trat Odysseus, der herrlich glühende Held, in mein Leben.
Denn als Zeus den Frevel an Helios' Rindern bestrafte
Und mit weißheißem Blitz und trommelfelltötendem Krachen
Wütend das Schiff des Odysseus zerstört', die zitternden Freunde
In der Gischt der schwarzen, turmhohen Wogen ertranken,
Schickten freundliche Götter ihn unverzüglich zu mir her,
Nymphe im leeren Bett, damit ich ihn grenzenlos liebe.

HERMES

Liebt Odysseus auch dich?

KALYPSO

O ja.
Welcher Sterbliche in fortgeschrittenem Alter
sollte eine ewig junge Göttin nicht lieben.

HERMES

Dann bringe ich eine schlechte Botschaft.

KALYPSO

Lass hören.

HERMES

Zeus, der Gott allen Rechts und Athene, Göttin der Weisheit,
Haben gemeinsam beschlossen, dass der Sieger von Troja,
Listenreicher Odysseus genannt, sich heimwärts darf wenden
Und die Seinen umarmen nach zwanzig Jahren Entbehrung.

KALYPSO

So.
Haben sie das beschlossen.

HERMES

Ja.

KALYPSO

Ohne mich,
die Tochter des ehrfurchtgebietenden Atlas
zu fragen?

HERMES

Es tut mir Leid.

KALYPSO

Sie dachten sicher,
die geht uns nichts an,
die Kleine am Ende der Welt.

HERMES

Ich weiß nicht.

KALYPSO

Was ist der Grund zu diesem Beschluss?

HERMES

Keine Ahnung. Ich bin der Bote.

KALYPSO
Sie wissen doch, dass ich Odysseus liebe.

HERMES
Das wissen alle.

KALYPSO
Gönnen sie mir diese Liebe nicht?
Will Athene Odysseus für sich?

HERMES
Sie finden, dass er nach zwanzig Jahren das Recht hat auf etwas Glück.

KALYPSO
Seit wann ist das Glück eines Sterblichen
wichtiger als das Glück einer Göttin?

HERMES
Kalypso, ich bin nur der Bote.

KALYPSO
Halt den Mund, Mann.
Dein Vater und deine Schwester regieren die Welt,
und du willst nur der Bote sein.

HERMES
Stimmt das nicht?

KALYPSO
Du bist einverstanden damit.

HERMES
Womit?

KALYPSO
Mit dem Beschluss.

HERMES
Spielt das eine Rolle?

KALYPSO
Feigling.
Bist du damit einverstanden oder nicht?

HERMES
Wenn du es unbedingt wissen willst, ja.

KALYPSO
Und warum?

HERMES
Weil Odysseus dich nicht liebt.

KALYPSO
Wer sagt das?

HERMES
Das weiß man.

KALYPSO
Was?

HERMES
Er liegt in deinem Bett. Aber er liebt Penelope. Er will zurück.

KALYPSO
Halt deine Klappe, Bote.
Was weißt du schon vom Leben.
Meinst du, dass ein Mann, der zwanzig Jahre lang weg war, Lust hat, sich wieder zu seiner lieben kleinen Frau zu legen?

HERMES
Weiß ich nicht.

KALYPSO
Weiß ich nicht.
Bin nur der Bote.
Geh.
Sag deinem Vater und deiner Schwester,
sie können mir den Buckel runterrutschen.

HERMES
Pass auf, was du sagst.

KALYPSO
Du kannst mir keine Angst machen.
Wenn jemand auch nur mit dem Finger auf mich deutet,
zieht mein Vater seine Schultern unter dem Himmelsgewölbe weg. Dann kannst du was erleben.
Und jetzt nerv mich nicht weiter.

HERMES
Entschuldige. *Ab.*

ODYSSEUS
Ich hörte dich sprechen. War jemand hier?

KALYPSO
Nein.
Ich redete mit mir selber.

ODYSSEUS
Du bist bleich. Fühlst du dich wohl?

KALYPSO
Ja, sehr wohl.

ODYSSEUS
Bist du erschrocken?

KALYPSO
Worüber?

ODYSSEUS
Über mich, was ich gesagt habe, dass ich weggehen möchte.

KALYPSO
Nein.
Ich weiß schon lange, dass du mich nicht liebst.

ODYSSEUS
Doch, ich liebe dich.

KALYPSO
Aber du willst gehen.

ODYSSEUS
Es tut mir Leid.

KALYPSO
Entschuldige.
Es tut mir Leid.
Dieses Männergerede.

ODYSSEUS
Das versteh ich nicht.

KALYPSO
Vergiss es.
Geh deine Sachen packen.

ODYSSEUS
Was soll das?

KALYPSO
Du willst doch weg.
ODYSSEUS
Wohin?
KALYPSO
Nach Hause.
Du wolltest nach Hause.
ODYSSEUS
Was hast du?
KALYPSO
Ich habe es mir überlegt.
ODYSSEUS
Ich versteh nichts mehr.
KALYPSO
Ganz einfach.
Ich habe die Nase voll.
Es ist aus.
ODYSSEUS
Aus?
KALYPSO
Ja, aus.
Aus, aus, aus, aus, aus, aus, aus, aus, aus, aus, aus.
ODYSSEUS
Aus womit?
KALYPSO
Mit uns.
ODYSSEUS
Oh. Und jetzt?
KALYPSO
Nichts.
Du baust ein Floß und ich kümmere mich um die Verpflegung.
ODYSSEUS
Hast du kein Schiff?

KALYPSO
Nein.
Das müsstest du in den sieben Jahren bemerkt haben.
ODYSSEUS
Ich kann doch nicht mit einem Floß aufs Meer hinaus.
KALYPSO
Warum nicht?
ODYSSEUS
Das ist viel zu gefährlich.
KALYPSO
Ich dachte, du seist ein Held.
ODYSSEUS
Du willst mich umbringen.
KALYPSO
Ich will nichts.
Ich habe nichts zu wollen.
ODYSSEUS
Schwöre, dass du keine bösen Absichten hast.
KALYPSO
Ich schwöre es beim Himmel,
bei der Erde und beim Styx, dem Totenfluss.
Reicht das?
ODYSSEUS
Darf ich wirklich gehen?
KALYPSO
Ja, du darfst.
ODYSSEUS
Danke. Danke für alles. Du warst sehr lieb zu mir.
KALYPSO
Geh schon.
Sonst bereue ich noch meinen Entschluss.

5
Auf dem Olymp

Athene, Zeus, Hermes

HERMES

Siehe, dort fährt er auf festen Stämmen aus Pappeln und Erlen,
Die er mit bronzenem Beile gefällt, in Ogygias Wäldern.
Sanft treibt der Wind, von Kalypso gelenkt, ihn ins Land der Phäaken.
Meisterhaft steuert Odysseus das Floß und heftet sein Auge
Auf die Sterne, die ewig leuchtenden, hellen Plejaden.
Siebzehn Tage durchfurcht er ruhig die schäumenden Wellen,
Doch dann erspäht ihn plötzlich der Gott des Wassers, Poseidon,
Heimkehrend aus Äthiopien. Wutentbrannt brüllt er schäumend:
Dass der verfluchte Odysseus nie seine Heimat erreiche!
Mit dem eisernen Dreizack bringt er das Meer jetzt zum Toben.
Sturmwinde brechen los aus allen Richtungen, Regen,
Hagel kübelt und prasselt herab aus den Lüften, den schwarzen,
Finsternis bringend. Ringsum brüllen die Wellen. Odysseus
Bangt um sein Leben. Turmhoch, mauergleich naht sich die Woge,
Schleudert ihn weg vom Floß. Er sinkt in die Tiefe, bis dort, wo
Fische und Meerschlangen hausen. Ist jetzt das Ende gekommen?

ZEUS

Nein. Denn aus der Ferne des hohen Olymps sah ich alles.
Leukothea, die Göttin, schick ich ihm, dass sie ihn rette
Und den Halbertrunkenen greife, sodann aus den dunkeln
Tiefen des Meeres hieve und auf das Floß wieder bringe.
Einen Schleier gibt sie ihm, schützend vor Unheil und Übel,
Glänzend und ewig. Diesen knotet er um seine Lenden.
Unerschrocken springt er hinein in die Wellen, bevor noch
Ächzend das Floß in Stücke zersplittert. Zwei lange Nächte,
Zwei volle Tage treibt er umher. Am dritten erst legt sich
Endlich der Wind und Odysseus kann, unter schrecklichen Qualen,
Schwimmend die sandige Küste erreichen, das Land der Phäaken.

ATHENE

Hermes, leih mir deinen goldenen Stab, lieber Bruder,
Sanft in Schlaf wiegen, will ich dann den tapferen Krieger.

6
Auf Ithaka

Penelope, Telemachos, Athene, Mentes, Sirenen

PENELOPE

Eurykleia! Wo bin ich?
Schweb ich in dünner Luft
zwischen lichtem Himmel
und dunkler Erde?
Oder bin ich endlich,
endlich, nach zwanzig Jahren Warten,
Warten,
Warten auf den Mann, der nicht zurückkommt,
vielleicht nie zurückkommt,
dem Gram erlegen?
In der Unterwelt gelandet,
in dem schaurigen Reich
des schwermütigen,
von seinem Bruder Zeus verachteten,
Hades
und seiner Angst einflößenden Frau,
Persephone?
Muss ich für immer als gestaltloser Schatten
blutleer,
ohne Erinnerung,
ohne Träume,
ohne Wünsche
von niemandem, als von dir, Eurykleia
und meinem vaterlosen Sohne beweint,
durch den Erebos irren?
Oder habe ich geschlafen?
Wie ist mir?
Warum vermischt sich
Wachen und Träumen?
Was bedeuten die zwei großen Adler
dort hoch in der Luft

über den ewigen Bergen,
segelnd mit weit gespreizten Flügeln
und große Kreise ziehend –
einer den andern,
mit wild flatternden Schwingen
anfallend.
Ihre grausamen Klauen schlagen,
ihre scharfen Schnäbel hacken
aufeinander ein.
Von ihren Köpfen,
von ihren Nacken
rinnt das Blut.
Sind das Odysseus und Antinoos,
die miteinander kämpfen?
Eurykleia,
geh zum Seher,
frag ihn, was es bedeutet.

TELEMACHOS
Mutter.

PENELOPE
Ja, mein Junge.

TELEMACHOS
Mutter, Sie müssen ihm endlich Antwort geben.

PENELOPE
Wem?

TELEMACHOS
Antinoos.

PENELOPE
Ich habe ihm längst abgesagt. Mehr als ein Mal.

TELEMACHOS
Sie müssen ihm zusagen.

PENELOPE
Was soll das?

TELEMACHOS
Sagte mein Vater nicht, dass Sie wieder heiraten müssten, wenn mir der Bart wächst?

PENELOPE
Dass ich wieder heiraten kann.

TELEMACHOS
Antinoos ist doch eine gute Partie.

PENELOPE
Ja. Aber ich will ihn nicht.

TELEMACHOS
Mutter, so kann es nicht weitergehen.

PENELOPE
Warum nicht?

TELEMACHOS
Vater ist seit zwanzig Jahren weg. Das Volk will wieder einen König.

PENELOPE
Sie müssen sich noch gedulden. Odysseus kann jeden Tag zurückkommen.

TELEMACHOS
Wer sagt das?

PENELOPE
Der Seher.

TELEMACHOS
Glauben Sie ihm nicht, Mutter. Vater kommt nicht zurück. Er ist tot.

PENELOPE
Hast du die Leiche gesehen? Hast du mit jemandem gesprochen, der die Leiche gesehen hat?

TELEMACHOS
Nein, aber…

PENELOPE
Also lebt er. Er lebt, bis das Gegenteil bewiesen ist. Und so lange heirate ich nicht.

TELEMACHOS
Mutter, das Volk murrt.

PENELOPE
Lass es murren.

TELEMACHOS

Und Antinoos kann gefährlich werden.

PENELOPE

Was meinst du damit?

TELEMACHOS

Man munkelt, er wolle Sie aus dem Palast jagen, wenn Sie sich weiter weigern.

PENELOPE

Er soll kommen, wir werden ihn zu empfangen wissen.

TELEMACHOS

Seine Freunde sollen ihm dabei helfen, hundert an der Zahl.

PENELOPE

Wer sind die Verräter?

TELEMACHOS

Und dann besteige er den Thron.

PENELOPE

Was für ein König!

TELEMACHOS

Mutter, dann ist der Thron verloren. Auch für mich.

PENELOPE

Warum wirst du nicht König?

TELEMACHOS

Ich habe keine Erfahrung. Ich habe noch nie gekämpft.
Kein halbes Jahr, und ich wäre ermordet.
Das wissen Sie auch.

PENELOPE

Ich soll also heiraten, um den Thron zu sichern.

TELEMACHOS

Ich sehe keine andere Möglichkeit.

PENELOPE

Auch wenn ich den Mann nicht will?

TELEMACHOS

Es tut mir Leid, Mutter. Es geht um die Zukunft des Hauses Laertes.

PENELOPE
Und wenn dein Vater zurückkommt?

TELEMACHOS
Er kommt nicht zurück, Mutter. Er ist tot. Sonst wäre er schon lange hier.

PENELOPE
Angenommen, das Wunder geschieht, er kommt zurück und ich bin mit Antinoos verheiratet. Was ist dann?

TELEMACHOS
Dann entscheidet der Kampf.

PENELOPE
Und einer meiner Männer tötet den andern.

TELEMACHOS
Das werden die Götter nicht zulassen, Mutter.

PENELOPE
Warum nicht?

TELEMACHOS
Weil sie ihn nicht zurückkommen lassen.

Pause.

PENELOPE
Gut, ich werde Antinoos heiraten.

TELEMACHOS
Wann?

PENELOPE
Bald. Wenn es denn sein muss, warum nicht gleich.

TELEMACHOS
Danke, Mutter.

ATHENE *tritt auf*
In der Hand den göttlichen Speer, den kupfergespitzten,
Heere vernichtenden, und an den Füßen die goldnen Sandalen,
Brachten mich jene unermüdlich eilenden Winde,
Treueste Freunde aller Götter, hin zu dem grünen
Ithaka, Land der blökenden Schafe, pflügenden Ochsen,
Kühe mit krummen Hörnern und runden, milchvollen Eutern.

Dort werd ich ihm, der seit der Geburt ohne Vater, begegnen.
Unerkannt, als ein alter Freund seines Vaters verkleidet,
Mentes mit Namen, werd ich versuchen, sein Herz zu erweichen.

TELEMACHOS
Willkommen, Fremder.

MENTES
Sei mir gegrüßt, junger Mann.
Ich suche das Haus des Odysseus.

TELEMACHOS
Dann sind Sie hier richtig.

MENTES
Ich bin ein alter Jugendfreund von ihm,
Mentes.

TELEMACHOS
Doppelt willkommen.

MENTES
Mein Schiff liegt in der Bucht von Rheithron.
Ich bin auf dem Weg nach Temesa,
um Eisen gegen Bronze zu tauschen.
Unterwegs,
auf wellenstillem Meer,
flüsterte eine Göttin mir ins Ohr,
ich müsse den Sohn des Odysseus aufsuchen.

TELEMACHOS
Eine Göttin?

MENTES
Es muss Pallas Athene gewesen sein.
Ich spürte ihren kühlen Helm
an meiner Schläfe.

TELEMACHOS
Wenn Göttinnen flüstern,
müssen Sterbliche die Ohren spitzen.

MENTES
Der junge Mann heißt Telemachos.

TELEMACHOS
Der steht vor Ihnen.

MENTES

In der Tat, jetzt seh ich es:
dasselbe Gesicht,
dieselben hellen Augen.
Welch Geschenk,
dass ich den Sohn des unübertrefflichen Mannes
leibhaftig sehen darf.

TELEMACHOS

Hat die Göttin eine Nachricht für mich?

MENTES

Pallas Athene, Lieblingstochter des zornvollen Vaters,
Strahlendste aller Göttinnen, Vieler Schicksale lenkend,
Will, dass du weißt, dass Odysseus nicht tot ist. Nach Jahren des Irrens
Über die Meere, ist er bei den Phäaken gelandet.
Lange wird's nicht mehr dauern, bis der Verlorene heimkehrt.

TELEMACHOS

Nicht möglich.

MENTES

Das sagte die Göttin.

TELEMACHOS

Ich kann es nicht glauben.

MENTES

Als Beweis schilderte sie mir,
wie er den Sirenen entkam.

TELEMACHOS

Ich höre.

MENTES

Dort, wo Helios aufgeht über dem fischreichen Meere,
Liegt die Insel Aiaia, Land der unendlichen Klagen.
Dort verlässt Odysseus mit seinen tapferen Freunden
Auf seinem schnellen Schiff die von allen gefürchtete Kirke,
Göttin mit mädchenhaft süßer Stimme, Tochter des Helios
Und der Perse. Bald bläht ein günstiger Wind ihre Segel
Und es gleitet das Schiff mit dem blauen Bug übers Wasser
Bis in die Nähe der Insel, Sitz der Sirenen. Sie singen
Hell ihren lieblichen Lockruf, mit dem sie die Schiffer verhexen.

SIRENEN *singen*

Großer Odysseus, unvergleichlicher Kämpfer von Troja.
Wer erreicht deine Kraft, wer ist klüger, als all deine Listen?
Dichter besingen die Taten, Sänger singen die Lieder.
Überall schallt dein Name, zu Land, auf dem Meer, auf den Flüssen,
Bergen und glühenden Hügeln. Komm und lass dich verwöhnen:
Himmelsgesang und zarte Hände, die sanft dich liebkosen,
Lippen, die Unbekanntes, noch nie Gehörtes erzählen.
Komm zu uns, zieh dein Schiff an Land, Odysseus, und lausche.

MENTES

Aber Odysseus kannte die Insel der modernden Knochen,
Haut von Menschen, zum Trocknen gelegt, auf blühende Felder.
Denn wer das Lied der Sirenen gehört, kehrt nie mehr nach Hause.
Festbinden ließ er sich an den Mast, und den Männern befahl er,
Wachs in die Ohren zu stopfen. So fuhren sie an dem Gestade
heißer Verlockung vorbei.

SIRENEN *singen*

Odysseus, Sohn des Laertes,
Mann mit den starken Armen, Sonne des traurigen Daseins,
Unsere Nächte sind leer wie hohle, sterbende Bäume,
Wüsten verflogener Hoffnung unsere Tage. Wir flehen,
Komm, verlass dein Schiff und schenk uns den Trost deiner Küsse.

MENTES

Rufend, schreiend und brüllend befahl Odysseus, die Taue
Aufzuknoten, doch keiner der Freunde konnte ihn hören.
Ruhig trugen die ewig klatschenden Wellen ihn näher
Seinem Hause, dem Haus seiner Frau und dem seines Sohnes.

TELEMACHOS

Danke, Mentes. Ich dank dir, wie trockene Erde,
Karg und versengt, sich beim Himmel bedankt, für den plötzlichen Regen.
Als ich noch klein und wehrlos, träumte ich Abend für Abend:
Schwebte aus tiefblauem, strahlendem Hause der mächtigen Götter,
Endlich ein Vater herab, umgeben von Nymphen und Faunen,
Wohlig sitzend auf breiten Schultern tapferer Krieger.
Starke Arme sollten mich heben, bis hoch in die Wolken.

Trunken vor Freude würd ich dann rufen, dass er zurück sei,
Er, der große Odysseus, der Stärkste von allen, mein Vater.
Doch auch ein Wunsch kann schrumpfen, verfliegen, wie nichtige Träume.
Älter wurd ich, des Vaters Gestalt verbleichte, verwischte,
Bis der fahle Geschmack der Verzweiflung endlich verschwunden.
Mentes, ich danke, nun kann das schwelende Feuer der Liebe
Endlich neu sich entzünden, des Sohnes Liebe zum Vater.

MENTES

Telemachos, junger Freund,
vielleicht gibt es hier Leute,
die sich über diese Nachricht nicht freuen.

TELEMACHOS

Sie meinen Antinoos.

MENTES

Ich hoffe, du weißt, was du zu tun hast.

TELEMACHOS

Ich werde mit ihm reden.

MENTES

Sieh zu, dass er den Plan, deine Mutter zu heiraten,
fallen lässt.
Aber sei vorsichtig.
Männer, deren Pläne durchkreuzt werden,
können gefährlich werden.

TELEMACHOS

Und meine Mutter?
Darf ich ihr die Nachricht der Athene erzählen?

MENTES

Besser nicht.
Je weniger Menschen davon wissen,
umso besser.

TELEMACHOS

Sie sprechen aus Erfahrung.
Ich habe Vertrauen.

MENTES

Sei mutig, Telemachos.
Erweise dich deiner Abstammung würdig.

TELEMACHOS

Plötzlich war er verschwunden. Es flog ein farbiger Vogel
Auf aus den Büschen. Er segelte hoch in den blassblauen Himmel,
Tat einen Schrei, gleich dem Schrei eines Menschen. Und später verschwand er
Hinter den Wolken. Da wusst ich, es war der Besuch eines Gottes.

7
Auf Scheria

Nausikaa, Freundin, Odysseus

NAUSIKAA

Ich langweile mich.

FREUNDIN

Ich mich auch.

NAUSIKAA

Wenn wir nur keine Prinzessinnen wären.

FREUNDIN

Ja.

NAUSIKAA

Dann hätten wir wenigstens etwas zu tun.

FREUNDIN

Ja.

NAUSIKAA

Waschen, zum Beispiel.

FREUNDIN

Waschen?

NAUSIKAA

Ja, jetzt dürfen das die Sklavinnen machen.

FREUNDIN

O ja.

NAUSIKAA
Und wir müssen zuschauen, wie sie fröhlich mit dem Wasser planschen.
FREUNDIN
Gemein.
NAUSIKAA
Gehen wir ins Wasser?
FREUNDIN
Nein.
NAUSIKAA
Schwimmen?
FREUNDIN
Langweilig.
NAUSIKAA
Fischen?
FREUNDIN
Noch langweiliger.
NAUSIKAA
Na.
FREUNDIN
Was ist?
NAUSIKAA
Nichts.
FREUNDIN
Ehrlich?
NAUSIKAA
Nein.
FREUNDIN
Du schaust so verärgert.
NAUSIKAA
Ja, ich langweile mich.
FREUNDIN
Ich mich auch.
NAUSIKAA
Die Insel geht mir auf den Wecker.

FREUNDIN
Mir noch mehr.
NAUSIKAA
Hier ist nichts los.
FREUNDIN
Kein Wunder, wir sind am Ende der Welt.
NAUSIKAA
Ja.
FREUNDIN
Das Ende vom Ende.
NAUSIKAA
Ja.
FREUNDIN
Wer kommt schon hierher?
NAUSIKAA
Kein Mensch.
FREUNDIN
Wir sind hier lebendig begraben.
NAUSIKAA
Ja.
FREUNDIN
Und bald müssen wir auch noch heiraten.
NAUSIKAA
Einen von diesen Bauernflegeln?
FREUNDIN
Ohne mich.
NAUSIKAA
Kommt nicht in Frage.
FREUNDIN
Lieber heirate ich nicht.
NAUSIKAA
Gehen wir nach Hause?
FREUNDIN
Wie stellst du dir das vor?
NAUSIKAA
Zu Fuß.

FREUNDIN

Ich bin doch nicht verrückt.

NAUSIKAA

Was denn sonst?

FREUNDIN

Lass uns warten, bis sie mit der Wäsche fertig sind,
dann können wir wenigstens mitfahren.

NAUSIKAA

Meinetwegen.

Odysseus tritt auf.

FREUNDIN

Hilfe!

NAUSIKAA

Hilfe!

FREUNDIN

Ein Ungeheuer.

NAUSIKAA

Ein Dämon.

ODYSSEUS

Junge Gazellen, Prinzessinnen, liebliche Knospen aus altem
Königgeschlecht, ich bitte euch, seid verschwiegen. Ich bin ein
Unglückseliger Bettler, mit Müh und Not nur der Skylla
Schrecklichen Klauen entronnen, dem unheilschwangeren Scheusal,
Gierig lauernd hinter der Insel der schrillen Sirenen.
Zwölf lange Arme besitzt sie und sechs dünne Hälse, gekrönt mit
Ebenso vielen entsetzlichen Köpfen und grausigen Schlünden,
Die dich mit dreifachen Reihen spitziger Zähne bedrohen.
Als die Sirenen, die singenden Göttinnen, hinter uns waren,
Lag sie, die Gierige, schon auf der Lauer, uns bei dem Durchgang
Zwischen zwei wolkenhoch ragenden, spitzen Felsen zu greifen.
Allen Männern befahl ich, nicht rauf und nicht rückwärts zu blicken,
Ununterbrochen und kraftvoll die schlanken Ruder zu schlagen.
Aber Skylla, die keiner erwürgt, unsterbliches Übel,
Unausrottbares Unheil, hemmungslos und gefährlich,

Lag in tiefer Höhle versteckt und erschien, als wir glaubten,
Aller Gefahren entronnen. Mit Mark durchdringendem Bellen
Kroch das schnaufende Scheusal heraus aus der modrigen Grotte,
Schnappte mit jedem Gebisse einen der zappelnden Männer,
Fahlgrün vor Angst, und zerrte sie aus dem Schiff durch die Lüfte
Bis in die Höhle. Wir hörten die Männer wimmern und klagen,
Als sie Skylla, der gierige Vielfraß, verschlang. Und ich sah noch,
Wie sie die Arme streckten und winkten, hoffend auf Rettung,
Schreiend vor Angst, doch nichts konnt ich tun, um ihnen zu helfen.
Weinend kehrten wir unsern verlorenen Freunden den Rücken.
Vieles erlebt ich und Vieles erlitt ich, doch das war das Schlimmste.
Deshalb, Prinzessin, Göttin mit schneeweißen Armen, hab Mitleid.
Jag mich nicht herzlos weg gleich dem räudigen Hund, sondern sag mir,
Wo ist der Weg zum Haus deines unübertrefflichen Vaters?

NAUSIKAA

Den find ich stark. Den find ich gut.

FREUNDIN

Hat er es auf *dich* abgesehen oder…

NAUSIKAA

Ein Bär von einem Mann.

FREUNDIN

…auf mich?

NAUSIKAA

Diese Schenkel.

FREUNDIN

Nausikaa!

NAUSIKAA

Diese Brust.

FREUNDIN

Bist du noch zu retten?

NAUSIKAA

Der würde mir schmecken.

FREUNDIN

Vielleicht liebäugelt er mit uns beiden.

NAUSIKAA

Was?

FREUNDIN

Vielleicht liebäugelt er mit uns beiden.

NAUSIKAA

Glaub ich nicht.

FREUNDIN

Warum?

NAUSIKAA

Er ist geil auf *mich*.

FREUNDIN

Wer sagt das?

NAUSIKAA

Siehst du doch.

FREUNDIN

Kann sein, er mag mich auch.

NAUSIKAA

Dich?

FREUNDIN

Ja.

NAUSIKAA

Nein.

FREUNDIN

Warum nicht?

NAUSIKAA

Viel zu dünn.

FREUNDIN

Ich?

NAUSIKAA

Und zu flach.

FREUNDIN

Hör mal.

NAUSIKAA

Stimmts nicht?

FREUNDIN

Du bist gemein.

NAUSIKAA

Tatsache.

FREUNDIN
Jetzt reichts aber.
NAUSIKAA
Wenn er sich auf dich legt, bist du weg.
FREUNDIN
Giftzahn. O.k, du kannst ihn haben,
den dreckigen alten Knacker.
NAUSIKAA
Der Dreck ist bald weg.
Ich könnte ihn in die Badewanne legen
und ganz langsam einseifen.
FREUNDIN
Aber alt bleibt er. Hast du seine dünnen Haare gesehn?
Schon grau.
NAUSIKAA
Wie alt mag er sein?
FREUNDIN
Vierzig.
NAUSIKAA
Meinst du?
FREUNDIN
Oder fünfzig.
NAUSIKAA
So alt?
FREUNDIN
Mindestens.
NAUSIKAA
O je.
FREUNDIN
Auf jeden Fall zu alt dazu.
NAUSIKAA
Zu was?
FREUNDIN
Zu dem, was du möchtest.
NAUSIKAA
Meinst du?

FREUNDIN

Sicher. Der bringts nicht mehr.

NAUSIKAA

Aber er sieht doch gut aus.

FREUNDIN

Komm, wir gehen.

NAUSIKAA

Frag ihn, wie er heißt und woher er kommt.

FREUNDIN

Warum?

NAUSIKAA

Nur so.

FREUNDIN

Frag ihn selber.

NAUSIKAA

Ich trau mich nicht.

FREUNDIN

Nein.

NAUSIKAA

Du bist doch meine beste Freundin.

FREUNDIN

Ja, ja.

NAUSIKAA

Ehrlich. Fragst du ihn?

FREUNDIN

Also gut.
Fremder mit den hellwachen Augen, du scheinst mir erfahren,
Mutig und furchtlos, vor Menschen und Göttern. Weil du von Zeus kommst,
Gott aller Bettler und hungrigen Landstreicher unter dem Himmel,
Zeig ich dir gerne den Weg zum Haus ihres Vater, doch nenne
Erst deinen Namen, sage, woher du kommst und wie lang du,
Kräftige, kühne Gestalt, schon weilst auf unserer Erde.

ODYSSEUS

Solche Fragen sind nicht erlaubt, denn die Götter verlangen,
Dass wir Gastfreundschaft bieten dem Fremden, der Essen erbittet,
Trinken, ein Bett und Kleidung, um seine Blöße zu decken.

FREUNDIN

Ein Ekel.

NAUSIKAA

Hat aber recht.

FREUNDIN

Womit?

NAUSIKAA

Dass man das nicht fragen soll.

FREUNDIN

Es war deine Idee.

NAUSIKAA

Ja, sorry.

FREUNDIN

Und wer hat sich blamiert?

NAUSIKAA

Ich habe sorry gesagt.

FREUNDIN

Ich geh nach Hause.

NAUSIKAA

Bleib doch noch.

FREUNDIN

Nein.

NAUSIKAA

Tu nicht so albern.

FREUNDIN

Wunderts dich?

NAUSIKAA

Was ist mit dir los?

FREUNDIN

Nichts. Ich geh nach Hause.

NAUSIKAA

Soll ich ihn fragen, ob er mitkommt?

FREUNDIN

Mach, was du willst, dumme Kuh.

NAUSIKAA

Fremder, in der edlen Gestalt eines Sohnes der Götter,
Bitte, verzeih das grobe Benehmen der lieben, doch leider
Unerfahrenen, weltfremden Freundin. Sei uns willkommen,
Mir und auch meinem Vater, dem König der treuen Phäaken,
In unsrem weißen Palast, dort drüben am Rande des Wassers.

ODYSSEUS

Danke, Mädchen, sehr freundlich von dir.

8
Auf Ithaka

Telemachos, Antinoos

ANTINOOS

Telemachos! Alter Freund, ich bin glücklich, dich zu sehn.

TELEMACHOS

Guten Tag, Antinoos.

ANTINOOS

Große Neuigkeit. Oder weißt du es schon?

TELEMACHOS

Was?

ANTINOOS

Setz dich. Was trinkst du?

TELEMACHOS

Antinoos, ich bin gekommen, um...

ANTINOOS

Warte, erst trinken, dann reden. Prost.

TELEMACHOS

Auf dein Wohl.

ANTINOOS

Nun, leg los. Oder willst du zuerst die große Neuigkeit hören?

TELEMACHOS

Auch gut.

ANTINOOS

Halt dich fest, deine Mutter und ich heiraten. Ja, da staunst du. Ehrlich gesagt, ich auch. Ich dachte schon lange, gibs auf. Sie will dich nicht. Schluss, aus. Aber die Frau lässt mich nicht los. Ich kanns nicht ändern. Für mich ist sie die verlockendste Frau der Welt. Jedes Mal, wenn ich sie sehe, läuft mir ein Schauer über den Rücken. Ganz klar, sie ist nicht mehr die Jüngste. Es gibt massenhaft Schönere. Aber die lassen mich kalt. Deine Mutter hat etwas..., wie soll ich es sagen, etwas Geheimnisvolles – als käme sie aus einer anderen Welt. Deine Mutter ist für mich das Höchste. Aber sie behandelte mich immer von oben herab. Klar, sie ist eine Königin. Wenn ich in ihrer Nähe war, hatte ich das Gefühl, ich bin Luft für sie, sie schaut durch mich durch. Einmal fragte ich sie, mit rot anlaufendem Kopf, ob ich sie zu einem kleinen Drink einladen dürfte. Sie schaute mich an, als sei ich ein Kackhaufen, sagte, nein danke, und drehte sich jemand anderem zu. Und heute kommt sie auf mich zu und sagt, dass sie mich heiraten will. Wie findest du das? Ich dachte, ich dreh durch.

TELEMACHOS

Es tut mir Leid, Antinoos, aber ich glaube, meine Mutter ist nicht zurechnungsfähig.

ANTINOOS

Was? Warum?

TELEMACHOS

Wie ich schon sagte, sie ist nicht bei Verstand.

ANTINOOS

Wie auch immer, ich finde alles prima. Ich will sie heiraten.

TELEMACHOS

Du verstehst mich nicht, eine Heirat ist nicht möglich.

ANTINOOS

Moment mal, junger Mann. Ich bin kein Kind mehr.
Ich bin älter, als dein Vater heute wäre.

TELEMACHOS
Lass meinen Vater aus dem Spiel, Antinoos.

ANTINOOS
O.k. Aber nicht übertreiben. Es geht dich nichts an, ob deine Mutter und ich heiraten.

TELEMACHOS
Das geht mich sehr wohl etwas an.

ANTINOOS
O ja?

TELEMACHOS
Wenn du meine Mutter heiratest, wirst du König.

ANTINOOS
Das interessiert mich nicht.

TELEMACHOS
Es ist trotzdem so.

ANTINOOS
Werd du doch König. So angenehm ist der Job nicht.

TELEMACHOS
Es ist noch zu früh.

ANTINOOS
Was willst du denn?

TELEMACHOS
Ich will nicht, dass du meine Mutter heiratest.

ANTINOOS
Hab ich richtig gehört? Das ist doch wohl die Höhe.

TELEMACHOS
Antinoos, ich warne dich.

ANTINOOS
Jetzt auch noch drohen. Würde ich nicht tun, Telemachos. Ich muss nur ein Mal pfeifen, dann stürmen hier hundert meiner besten Freunde herein, bis auf die Zähne bewaffnet. Ich glaube nicht, dass du denen gewachsen wärst.

TELEMACHOS
Soll ich mich vor dir fürchten, Antinoos, der du noch nie von Mann zu Mann gekämpft hast?

ANTINOOS

Wozu das Gerede? Ich dachte, du freust dich, wenn deine Mutter wieder heiratet. Dein Vater ist seit zwanzig Jahren weg. So lange hat sie auf ihn gewartet, das Leben vorbeigehen lassen. Ich finde, das ist lang genug. Sie soll noch etwas vom Leben haben.

TELEMACHOS

Sie liebt dich nicht.

ANTINOOS

Weiß ich.

TELEMACHOS

Sie heiratet dein Geld.

ANTINOOS

Es gibt schlechtere Gründe.

TELEMACHOS

Und wenn mein Vater zurückkommt?

ANTINOOS

Glaubst du noch daran?

TELEMACHOS

Ich weiß es.

ANTINOOS

Telemachos, dein Vater ist tot.

TELEMACHOS

Mein Vater ist nicht tot.

ANTINOOS

Gut. Wenn er zurückkommt, kämpfe ich mit ihm.
Wer siegt, bekommt deine Mutter.

TELEMACHOS

Wenn er zurückkommt, ist es um dich geschehen.

ANTINOOS

Vielleicht. Vielleicht auch nicht.

9
AUF DEM OLYMP

Zeus, Athene, Hermes

ZEUS
Athene, du hast Scheiße gebaut.

ATHENE
Warum?

ZEUS
Die Heimkehr des Odysseus. Das gibt ein Blutbad.

ATHENE
Ich tu, was ich kann.

ZEUS
Hättest du es nicht etwas schlauer machen können?

ATHENE
Wie?

ZEUS
Ich habe es schon hundertmal gesagt, man muss die Dinge im Auge behalten.

ATHENE
Mach ich doch.

ZEUS
Warum hast du Penelope kein Zeichen geschickt, damit sie weiß, dass ihr Mann zurückkommt?

ATHENE
Habe ich gemacht. Ich habe ihr zweimal einen Traum geschickt.

ZEUS
Warum hat sie Antinoos dann zugesagt?

ATHENE
Sie hat die Träume nicht verstanden.

ZEUS
Wenn du sicher gehen willst, musst du nicht Träume schicken.

ATHENE
Und Telemachos hat auf sie eingeredet.

ZEUS
Und du hättest zu ihr gehen müssen.

ATHENE
Ich dachte nicht, dass es so ausgehen würde. Jahrelang meidet sie diesen Mann, und plötzlich läuft sie auf ihn zu und sagt, sie wolle ihn heiraten. Ich dachte, so schnell bringt sie das nicht über die Lippen.

ZEUS
Falsch gedacht.

ATHENE
Offensichtlich.

ZEUS
Menschen sind unberechenbar.

ATHENE
Du sagst es.

ZEUS
Damit muss man rechnen.

ATHENE
Und jetzt?

ZEUS
Ja, was jetzt? Ich darf mich nicht darum kümmern. Poseidon ist außer sich. Vielleicht fällt deinem Bruder etwas ein.

ATHENE
Hermes!

HERMES
Ja.

ATHENE
Etwas ist schief gelaufen.

HERMES
Wo?

ATHENE
Auf Ithaka.

HERMES
Schon in Ordnung.

ATHENE
Wie bitte?

HERMES
Bin ich nicht bekannt als erfinderisch, listenreich und schnell?!

ATHENE
Was hast du gemacht?

HERMES
Als du mit Telemachos sprachst, war Penelope schon unterwegs zu Antinoos.

ATHENE
Und dann?

HERMES
Sagte ich mir, das läuft schief, das geht zu schnell,

ZEUS
Sehr gut, Junge.

HERMES
und habe Penelope etwas eingeflüstert.

ATHENE
Was?

HERMES
Eine List.

ATHENE
Hermes, hör auf, mich zu triezen. Was für eine List?

HERMES
Sie müsse Antinoos eine Bedingung stellen.

ATHENE
Und?

HERMES
Sie wolle zuerst noch das Hochzeitskleid weben. Sobald sie damit fertig sei, könnten sie heiraten.

ATHENE
Soll das eine List sein? Damit ist sie schnell fertig. Die Sklavinnen helfen ihr dabei.

HERMES

Was sie am Tage webt, kann sie nachts wieder auftrennen. So kann sie den Tag ihrer Hochzeit selbst bestimmen. Wenn sie will, jahrelang rausschieben.

ATHENE

Hermes, du bist genial. Findest du nicht, Vater?

ZEUS

Phantastisch, mein Junge. Ich bin stolz auf dich.

HERMES

Ich finde es auch nicht schlecht.

10
Auf Scheria

König, Demodokos, Odysseus, Nausikaa, Freundin

KÖNIG

Sei mir willkommen, Fremder. Von diesem reizenden Mädchen,
Meinem Augapfel, die sich sehnt nach dem Glück, das die Männer
Frauen schenken, von der ebenso unwiderstehlich
Schönen wie liebevollen Nausikaa, der ich noch niemals
Etwas verweigert, hörte ich heute, gefühlvoll berichtet,
Dass ein Mann, so stark wie ein Bär, nach gefahrvollen Zeiten,
Angeschwemmt wurde in unserer Bucht. Er bittet um Hilfe,
Um ein seefestes Schiff, das ihm die Heimkehr ermöglicht.
Aber ohne ein Fest verlässt kein Gast unsre Insel,
Und einem Opfer, dargebracht den mächtigen Göttern.
Setz dich hin, spende Wein der Athene und schenke dein Ohr dem
Größten der Sänger, dem blinden Demodokos, Liebling der Musen.
Er wird uns singen das Lied vom tapferen König Odysseus,
Den wir als Halbgott verehren. Er hat dem Kriege von Troja
Listig ein Ende gemacht. Nun lass dich nieder und lausche.

DEMODOKOS *singt*

Ach, wär der Krieg um Troja nie entflammt, hätt die Flotte,
Tausend Schiffe mit roten Segeln, das Land nie verlassen,
Um Menelaos' Ehre zu retten, weil Paris, der junge,

Übermütige Geck die Frau seines Gastgebers raubte,
Helena, Schönste unter den Frauen, und sie dann mitnahm
In das Haus seines Vaters zu Troja, der Stadt schöner Pferde.
Denn wie viel tapfere Helden waren nach zehn Jahren Kampfes
Nicht schon gefallen in zähem Krieg: der große Achilleus,
Patroklos auch, der beste Waffenfreund seitens der Griechen,
Hektor, Priamos' Sohn, auf Seiten der Troer. Und dennoch
Für ein Ende des grausam sich schleppenden Krieges kein Zeichen.

Bis zu dem Tag, da Kalchas, der Seher, den Führern der Griechen
Zusprach und sagte: Will der Habicht die Taube erlegen,
Geht er listig in Deckung und schlägt erst zu, wenn sie nicht mehr
Achtsam ist. Glaubt mir: Nicht durch Gewalt wird Troja je fallen,
Dank einer List nur kann es geschehen. Der schlaue Odysseus
Sann lange nach. Die Tage verstrichen, es reifte allmählich
In ihm ein listig-tückischer Plan, fantasievoll und tollkühn.
Der, ohne Zweifel, das stolze Troja zu Fall bringen musste.

Unten am Strand, in der Nähe der Schiffe, ließ er ein hölzern
Pferd, so groß wie ein Tempel, bauen. Als es gezimmert,
Stiegen der Streiter tapferste aus dem griechischen Heere
Nachts in den hohlen Bauch. Die andern legten im Lager
Feuer und ruderten weg. Und als die Troier erwachten,
Und die stadtumgürtenden Mauern erklommen, da sahn sie
Einsam im frühen Licht das hölzerne Pferd, und sie riefen:
Seht: ein letztes Geschenk der heimlich entschwundenen Griechen
Für den launischen, ewig wankelmütigen Kriegsgott.

Odysseus weint.

KÖNIG
Halt ein, Demodokos,
hab Dank.
Deine Stimme kann Steine erweichen.
Doch heute hat dein Gesang
unseren Gast zum Weinen gebracht.
Das kann nicht der Sinn eines Festes sein.

ODYSSEUS

Fürst,
ich bitte um Verzeihung.
Es sind die Erinnerungen
an meine verhängnisvolle Reise,
die mir einen Streich spielen.

KÖNIG

Nausikaa,
liebe, treu sorgende Tochter,
reich unserem Gast eine Schüssel Wasser,
damit er sich erfrische.

ODYSSEUS

Danke, Prinzessin.
Fürst,
Demodokos soll weitersingen.
Sein Lied ist einzigartig,
ein Trost
für jedes blutende Herz.

KÖNIG

Sing, Demodokos.
Sing vom Triumph des Odysseus.
Besinge den Untergang der Trojaner.

DEMODOKOS

Im Triumph, berauscht vom Glück, nach so langer Kriegszeit,
Holten die Männer von Troja das Pferd und schleppten es heimwärts
Bis auf den Marktplatz. Als die Stadt im Schlafe versunken,
Krochen Odysseus und seine Männer heraus aus dem Holzbauch,
Legten Feuer und ließen Troja aufgehn in Flammen.
Schwarz war die Luft und rot die Erde vom Blut ihres Kampfes.
Untergang, Tod und Verderben säten die Schwerter der Helden.
Als im Dunkel der Nacht die Schiffe wieder gelandet
Stürmten die restlichen Kämpfer die Stadt. Der Krieg war entschieden,
Troja am Ende, das einstmals stolze und blühende Troja.

Odysseus weint.

KÖNIG

Wie kommt es, Fremder,
dass dieses Lied dich so ergreift?
Warst du beteiligt an dem Krieg?
Ist dort jemand umgekommen,
der dir nahe stand?
Der Schwiegervater, ein Schwiegersohn
ein Bruder, ein guter Freund?
Wir haben dich, nach dem Willen der Götter,
mit offenen Armen empfangen,
sag uns jetzt,
wer du bist,
wer dein Vater und deine Mutter sind,
woher du kommst,
aus welchem Land, welchem Volk, welcher Stadt,
damit unsere Schiffe, unsere Steuermänner wissen,
wohin sie dich morgen bringen sollen.

ODYSSEUS

König Alkinoos, weiser Herrscher aller Phäaken,
Die unsterblichen Götter mögen dich und die Kinder
Segnen bis ans Ende der Tage. Das Lied von dem großen
Sänger Demodokos hat mich ergriffen: Bescherten die Götter
Hoch im Olymp den Menschen das Leid nur, dass noch die Kinder
Unserer Kinder Geschichten haben zum Weitererzählen?
Höre: Odysseus bin ich, der Sohn des Laertes, der König
Ithakas, Städtebezwinger, Listenreicher, vom Schicksal
Aber bedacht mit endlosem Unglück. Meine Geschichten
Werden Jahrhunderte überleben, seis drum, ich wäre
Lieber schon morgen bei meiner treuen Frau und dem Sohne.

NAUSIKAA

Papa, hörst du das?

KÖNIG

Ja.

NAUSIKAA

Dieser Mann, dieser Löwe, dieser Bär
ist Odysseus.

KÖNIG
Ich habe es gehört.
NAUSIKAA
Der Held von Troja.
KÖNIG
Eine Ehre.
NAUSIKAA
Ich muss ihn haben.
KÖNIG
Haben?
NAUSIKAA
Zum Mann.
KÖNIG
Das scheint mir...
NAUSIKAA
Ich muss ihn haben.
KÖNIG
Ruhig, Mädchen.
NAUSIKAA
Ich will ihn aber.
KÖNIG
Beruhige dich.
NAUSIKAA
Wenn ich ihn nicht bekomme, bring ich mich um.
KÖNIG
Reg dich nicht auf.
NAUSIKAA
Bekomm ich ihn?
KÖNIG
Er ist viel älter als du.
NAUSIKAA
Macht mir nichts aus.
KÖNIG
Er will nach Hause.
NAUSIKAA
Er hat nichts zu wollen.

KÖNIG

Nicht ungerecht sein.

NAUSIKAA

Er hat gar kein Schiff.

KÖNIG

Du kannst nicht immer alles durchsetzen.

NAUSIKAA

Willst du ihm ein Schiff geben?

KÖNIG

Beruhige dich.

NAUSIKAA

Wenn du ihm ein Schiff gibst, dann…

KÖNIG

Ruhig.

NAUSIKAA

Dann bin ich nicht mehr deine Tochter.

KÖNIG

Also gut. Aber nur, wenn er einverstanden ist.

NAUSIKAA

Frag ihn.

KÖNIG

Begriffen?

NAUSIKAA

O.k.

KÖNIG

Stolzer Odysseus, lass dich umarmen, als Zeichen der Ehrfurcht
Vor einem tapferen Krieger, heldenhaft, unübertroffen,
Der bei beiden, unsterblichen Göttern und Menschen, in hohem
Ansehen steht. Ich versteh deinen Wunsch, nach Hause zu kehren.
Gleichwohl möcht ich dich bitten, Folgendes doch zu erwägen.

NAUSIKAA

Weiter, weiter.

KÖNIG

Könnt es nicht sein, dass vielleicht bei deiner verspäteten Heimkehr
Deine Frau neu vermählt ist? Und wärs dann nicht besser und klüger,
Hier auf der Insel zu bleiben die reich ist, an herrlichen Pflanzen,

Seltenen Tieren und heiratsfähigen, lieblichen Frauen?
Dies nur als Beispiel: Nausikaa, meine einzige Tochter
Liebt dich. Ihr könnt euch vermählen, solltest du Lust dazu haben.

ODYSSEUS

Undurchschaubar der Weg, den die launischen Götter mir weisen.
Zwanzig Jahre lang irrt ich umher und nah jetzt der Heimat
Soll ich entscheiden: Vergangenheit oder Zukunft. Ich bitte,
Fürst, guter Freund, hab Verständnis, wenn ich dein Angebot ausschlag
Und mich entscheid für die Frau in der Ferne, die jetzt betagt ist.
Sie aber suchte ich immer und immer werd ich sie lieben.

NAUSIKAA

Shit.

KÖNIG

Lasst dann Äolus, Herrscher der reinen Winde erscheinen,
Dass er das Schiff mit dem silbernen Bug, unsre Gabe zum Abschied,
Sicher lenke und dich in das Land deines Vaters geleite.
Unsere besten Wünsche mögen dich bis zu dem letzten
Tag deines ruhmvollen Lebens in tiefer Freundschaft begleiten.
Geh und folg deinem Herzen, Odysseus, denn so ist das Leben.

König und Odysseus ab.

FREUNDIN

Da geht er.

NAUSIKAA

Wer?

FREUNDIN

Der fiese Kerl.

NAUSIKAA

War gar nicht so fies.

FREUNDIN

Im Ernst?

NAUSIKAA

Als er sich gewaschen hatte, fand ich ihn cool.

FREUNDIN

Was du cool nennst.
Wohin geht er?

NAUSIKAA
Ich glaube, nach Hause.

FREUNDIN
Wo ist das?

NAUSIKAA
Ithaka, oder so ähnlich.

FREUNDIN
Ithaka?

NAUSIKAA
Ja.

FREUNDIN
Nie gehört.

NAUSIKAA
Ich auch nicht.

FREUNDIN
Sicher ein Kaff wie dieses.

NAUSIKAA
Ja.

FREUNDIN
Hast du mitbekommen, wie er heißt?

NAUSIKAA
Odysseus.

FREUNDIN
Kenn ich nicht.

NAUSIKAA
Ehrlich?

FREUNDIN
Nein.

NAUSIKAA
Nie gehört?

FREUNDIN
Nein.

NAUSIKAA
Der Held von Troja.

FREUNDIN
Fängt das wieder an.

NAUSIKAA
Was?
FREUNDIN
Das Gejammer über den Krieg.
Der ist doch lang vorbei.
NAUSIKAA
Stimmt.
FREUNDIN
Als ob nachher nichts mehr passiert wäre.
NAUSIKAA
Ist auch nicht.
FREUNDIN
In der übrigen Welt, meine ich.
NAUSIKAA
Ach so.
FREUNDIN
Wie lange war er weg?
NAUSIKAA
Wer?
FREUNDIN
Der fiese Kerl.
NAUSIKAA
Etwa zwanzig Jahre.
FREUNDIN
Zwanzig Jahre?
NAUSIKAA
Ungefähr.
FREUNDIN
So alt sind wir noch gar nicht.
NAUSIKAA
Nein.
FREUNDIN
Wenn mein Vater zwanzig Jahre weg wäre,
bräuchte er gar nicht mehr zurückzukommen.
NAUSIKAA
Väter sind sowieso überflüssig wie Kopfschmerzen.

FREUNDIN
Hat er Kinder?

NAUSIKAA
Wer?

FREUNDIN
Der fiese Kerl.

NAUSIKAA
Einen Sohn, glaube ich.

FREUNDIN
Der wird sich freuen.

NAUSIKAA
Tag, Papi, schön dich zu sehen.

FREUNDIN
Könnte ihm passen.

NAUSIKAA
Warum gibt es hier nie einen Krieg?

FREUNDIN
Weiß ich nicht.

NAUSIKAA
Weil sie zu feige sind.

FREUNDIN
Genau.

NAUSIKAA
Ich langweile mich.

FREUNDIN
Ich mich auch.

NAUSIKAA
Komm, wir machen was.

FREUNDIN
Was denn?

NAUSIKAA
Weiß nicht.

FREUNDIN
Ich auch nicht.

NAUSIKAA
Wirklich?

FREUNDIN

Nein.

NAUSIKAA

Dann langweilen wir uns weiter.

FREUNDIN

Was sonst.

Haram

PERSONEN

HOUARI
AZIZA
SAÏD
MUTTER MOUNA
VATER AMAR
ONKEL ABBAS
TANTE
GROSSMUTTER

Das Stück kann mit drei Schauspielern gespielt werden.

Prolog

Houari, Aziza und Saïd singen ein marokkanisches Lied.

HOUARI als ich es hörte
als er es sagte
mein Vater
am Abend vor unserer Abreise
der Abreise die kein Abschiedsfest
sondern ein Fest des Blutes und der Tränen werden sollte
als er es mit strengem Gesicht
und scharfer Stimme
bei Einbruch der Dunkelheit
sagte
meine Mutter
auf einem Stuhl in einer Ecke des Zimmers
als Zeugin
als Mitschuldige
da brach ich auseinander
in tausend Stücke
leere Stücke
brach ich auseinander

ich war dreizehn
einen Monat später wurde ich vierzehn
es hatte lange gedauert
bis endlich
nach endlosem Warten
und Verzweifeltsein
die Schule
für mich erträglich wurde
nach einem Jahr
Allah mag wissen
warum erst dann
hatte ich plötzlich
gute Freunde gefunden

ein paar Marokkaner
ein paar Holländer
und einen Türken

wir machten alles gemeinsam
Hausaufgaben
Fußball
Jobben
Computerspiele
alles
wir hatten sogar eine Band
the snipers
ich spielte Bendir und Darabukka
eine Art Trommeln

wie konnten sie mir das wegnehmen
wie konnten sie mich hier lebendig begraben
ausgerechnet als das Leben für mich dort gerade anfing
wie konnten ein Vater und eine Mutter
ihren Kindern
das antun

immer
so weit ich mich erinnern kann
haben sie uns alles erlaubt
mit der Klasse schwimmen gehn
Schulfeten
Geburtstagseinladungen
Weihnachtsfeier
Jugendsportverein
Klassenfahrten
Kino
alles
während andere marokkanische Eltern stur blieben
sagten unsere Eltern
selbstverständlich macht ihr mit

wir sind in Holland
hier ist es anders

wenn ich von einem Freund eingeladen wurde
zum Essen zu bleiben
sagten sie
selbstverständlich darfst du das
dann siehst du wie man es hier macht

und wenn sie Schweinefleisch essen

wenn sie dich
einen Muslimen
einladen
tun sie das nicht

viele Kinder
waren eifersüchtig auf uns
hätten wir nur auch solche Eltern
sagten sie

hätten wir nur auch solche Eltern

AZIZA Freiheit
Selbstständigkeit
Karriere
alles vorbei

meine Zukunft
ist Unterwerfung
zu Hause sitzen
gehorchen
gebären
das war das Einzige was ich denken konnte

zusammen mit Jemaa
meiner besten Freundin
hat mir die Schule einen Riesenspaß gemacht
wir hatten beide gute Noten
und waren stolz darauf

es war eine christliche Schule
aber davon merkte man nicht viel
die meisten Schüler waren
weder katholisch noch protestantisch
noch sonst was
eine Weihnachtsfeier
mit mehrstimmig gesungenen Liedern
war das Einzige
was von dem »christlich«
übrig geblieben war

muslimische Schüler
gab es auch nicht viele
in unserer Schule
und Kopftücher sah man kaum
ungefähr fünf
in den letzten Klassen

prima
sagten meine Eltern
so ist es später am Arbeitsplatz auch
in Holland ist Religion etwas Privates
man darf glauben was man will
solange es niemanden stört

Jemaa und ich
wollten später beide studieren
Jura und Verwaltungswissenschaften
und natürlich Arabisch im Nebenfach

als ich es dann hörte
als er es mir erzählte
mein Bruder
am Abend vor unserer Abreise
als wir mit ein paar Jungs und Mädchen
vom Strand zurückkamen
und er mich zur Seite nahm
da dachte ich ich höre nicht recht
sicher wieder
ein blöder Scherz

aber es war ernst gemeint

in meinem Kopf drehte sich alles
der Magen stülpte sich um
mir wurde schwarz vor den Augen

ich sah mich schon
für den Rest meines Lebens
unter schwarzen Schleiern
schikaniert
von einem viel älteren Mann
und einer herrschsüchtigen Frau
der Schwiegermutter

nie im Leben
lieber tot

ich putzte mir die Nase
wischte die Tränen weg
und horchte

horchte auf die Stimme meines Bruders
auf die Stimme in mir

SAÏD ich war zehn
ich sollte in jenem Jahr
einen guten Klassenlehrer bekommen
Herrn van Dongen
er wäre beinahe Berufsfußballer geworden
aber kurz bevor er unter Vertrag genommen wurde
von einem Erstligaverein
kriegte er Schwierigkeiten mit seinem Knie
und es wurde nichts draus
er ist dann Biologielehrer geworden

Herr van Dongen ging jeden Sonntag
zum Fußball
er hatte sogar zwei Dauerkarten
und wenn er einen Platz nicht brauchte
durfte jemand
aus seiner Klasse mit

ich hatte schon dafür gesorgt
dass ich als Erster gefragt wurde

aber so weit kam es gar nicht
das Schicksal hatte mit uns
etwas anderes vor
hört zu

1

MUTTER verfluchen
werden sie uns
VATER ja
MUTTER und sich selber den Tod wünschen
VATER vielleicht
MUTTER sicher
VATER nur kurz
MUTTER Aziza jedenfalls
VATER ihr wird es schwer fallen
bestimmt
aber sie wird sich damit abfinden
MUTTER hoffentlich macht sie nichts Dummes
VATER was meinst du
MUTTER weglaufen
sich etwas antun
VATER nein
MUTTER woher weißt du das
VATER sie macht ihrer Familie keine Schande
MUTTER hoffentlich
VATER du musst nicht an allem zweifeln
MUTTER in Holland
war es mir ganz klar
aber seit wir hier sind
in der Hitze
in dem Chaos
inmitten dem Gezänke
und Gerede
jetzt ist es nicht mehr so selbstverständlich
Vertrauen zu haben
VATER mach es dir nicht so schwer
MUTTER es ist schwer
VATER willst du es rückgängig machen
MUTTER du
VATER ich nicht

wenn mir Zweifel kommen
brauch ich nur an Fatma zu denken
wie sie sich benahm
wie sie aussah
das letzte Mal
oder an meinen Bruder
wie er sich zu Tode schämte
MUTTER vielleicht
hätten wir es doch
mit ihnen besprechen sollen
VATER dann wären wir sie los gewesen
Aziza wäre sofort
zum Jugendamt gerannt
oder in ein Mädchenhaus gegangen
kannst du dann sehen
wie du sie wieder rauskriegst
MUTTER dann hätten sie Zeit gehabt
sich darauf einzustellen
VATER hör auf zu zweifeln
wir wissen warum wir es tun
MUTTER jetzt fühlen sie sich verraten
VATER dann ist es so
besser sie sind böse
als dass sie vor die Hunde gehen
MUTTER ich weiß nicht
ich weiß es nicht mehr
VATER hör zu
ich will dich nicht zwingen
wenn du es dir nicht zutraust
musst du es sagen
MUTTER und dann
VATER machen wir es nicht
du wirst mit ihnen allein sein
du musst es dann durchziehen
wenn du nicht dahinter stehst
geht es nicht

entscheide dich
machen wir es
oder machen wir es nicht
MUTTER fändest du es schlimm
wenn es nicht stattfände
VATER ja natürlich
dann steh ich dumm da
alles ist schon ausgemacht
die ganze Familie weiß es
und plötzlich findet es nicht statt
weil meine Frau
es sich im letzten Augenblick doch nicht zutraut
hättest du früher sagen können
MUTTER so meine ich es nicht
ich habe nur Angst es passiert etwas

2

HOUARI der letzte Tag
wir sind wieder beinah sechs Wochen
in Marokko gewesen
jeden Tag Sonne
jeden Tag am Strand
fantastisch
ich komme gegen sieben Uhr nach Hause
sitzt meine Mutter draußen auf einem Hocker
und starrt vor sich hin
sonderbar
meistens hat sie viel zu tun
am Tag vor der Abreise
sie hatte geweint

was ist Mama
MUTTER nichts
HOUARI habt ihr Streit gehabt

MUTTER komm mit rein
dein Vater und ich
müssen dir etwas sagen
VATER setz dich Junge
ich gehe morgen allein nach Holland zurück
ihr bleibt hier
mit Mama
HOUARI was meinst du damit
VATER was ich gesagt habe
ihr bleibt hier
HOUARI wie lange
VATER für immer
HOUARI nein
warum
VATER wir befürchten
es könnte mit euch genauso gehen
wie mit Fatma
HOUARI Blödsinn
VATER nicht frech werden
HOUARI Fatma ist verrückt
VATER verrückt gemacht worden
HOUARI von wem
Mama
was ist los
VATER Holland ist ein gutes Land
gute Ausbildung
Gesundheitswesen
Sozialleistungen
aber vierzehn- fünfzehnjährigen Kindern
ist alles egal
lassen sich von niemandem etwas sagen
weder von den Eltern
noch von der Familie
den Nachbarn
den Lehrern
der Polizei

dem Gericht
allen
lachen sie frech ins Gesicht
HOUARI was hat das mit uns zu tun
VATER sehr viel
wenn es keine Kontrolle gibt
keinen Respekt vor den Älteren
keine Autorität
dann geht es schief
viele marokkanische Jungs
sind im Gefängnis gelandet
HOUARI ich habe doch nichts verbrochen
VATER du hast einen Polizisten beschimpft
HOUARI ein Mal
VATER das ist ein Mal zu viel
HOUARI er war ein Rassist
VATER es war ein Mann von der Polizei
ein Erwachsener
den hast du zu respektieren
hast du keinen Anstand
weißt du nicht was Schande ist
so darfst du dich hier nicht benehmen
HOUARI als ob hier alle unschuldig wären
VATER auch noch frech zu seinem Vater
HOUARI ich versteh es nicht
VATER du musst nicht verstehen
du musst gehorchen
und nicht jammern
du bist ein Mann
HOUARI ich bleib nicht hier
VATER du musst
ich habe Aziza und dich
angemeldet in einer Schule
der allerbesten
am andern Ende der Stadt
und ihr bekommt Nachhilfestunden

dann seid ihr nicht ihm Rückstand
wenn ihr später in Holland
studieren wollt
HOUARI ich hau trotzdem ab
VATER die Mühe
kannst du dir sparen
in Holland gibt es den Kindernotdienst
und das Jugendamt
hier fahndet die Polizei
nach dir
und bringt dich nach Hause
aber zuerst
prügeln sie dich tüchtig durch
HOUARI Mama
sag doch was
MUTTER was soll ich sagen
ich bin einverstanden mit Vater
wir haben monatelang darüber gesprochen
glaub nicht dass wir etwas überstürzen
wir finden
es ist das Beste für euch
aber ich kann verstehen dass du es nicht lustig findest
VATER wir wollen dass ihr Menschen werdet
die Respekt haben vor dem andern
Menschen die aus dem Glauben leben
Menschen denen Gemeinschaft etwas bedeutet
HOUARI nicht lustig
es ist schrecklich
schrecklich
warum hast du nichts gesagt
bevor wir in den Urlaub fuhren
ich habe mich von niemandem verabschiedet
nicht einmal von meinen besten Freunden
MUTTER es tut mir Leid Houari
wir hatten Angst
es könnte noch schwieriger werden

vielleicht kannst du ihnen schreiben
und ihnen erklären warum es so gekommen ist
HOUARI wenn das hier ein so gutes Land sein soll
warum gehst du dann zurück
VATER hier verdiene ich nicht genug
HOUARI es ist ein verstocktes Land
VATER wenn du fertig bist mit der Schule
kannst du zurück
solange bleibst du hier
und jetzt reichts
ich will kein Wort mehr hören
HOUARI ihr seid verrückt
total verrückt

dann rannte ich aus dem Haus
ich war außer mir vor Wut
vor Wut und vor Angst
ich fühlte mich
zurückversetzt ins Mittelalter
in ein paar Tagen
sollte ich für immer
in einem verstockten Land
mit verstockten Kindern
auf eine verstockte Schule gehen
sollte den ganzen Tag
Koranverse auswendig lernen
Koranverse
wenn ich etwas hasse
sind es Koranverse
als ich acht war
ging ich in eine Koranschule
bei uns in der Nähe
wir mussten immer Koranverse aufsagen
ich insistierte so lange
bis ich nicht mehr hingehen musste
und dann das

aber ich war kein Kind mehr
in einem Monat wurde ich vierzehn
früher heirateten Jungs in dem Alter
ich musste mir das nicht gefallen lassen
ich ließ es mir auch nicht gefallen
waren sie schwachsinnig geworden

3

AZIZA ist das ein Scherz
HOUARI nein
AZIZA ein dummer Scherz
auf den ich reinfallen soll
HOUARI nein
ehrlich nicht
AZIZA und du dich dann kugelst vor Lachen
HOUARI wär es nur so
AZIZA haben sie das wirklich gesagt
HOUARI ich schwör es
AZIZA nicht möglich
wie können sie so etwas sagen
sie sind doch nicht verrückt
HOUARI anscheinend doch
AZIZA ich glaub dir nicht
HOUARI wie du willst
AZIZA und jetzt
HOUARI ich geh zurück nach Holland
das steht fest
AZIZA wie
HOUARI weiß ich nicht
aber ich bleib nicht hier
in diesem verstockten Land
AZIZA soll ich mit ihnen reden
HOUARI hilft nichts
AZIZA ich kann es doch versuchen

HOUARI sie sind entschlossen
sie haben monatelang darüber nachgedacht
sie wissen genau
dass wir es schrecklich finden
AZIZA haben wir nichts zu sagen
wenn es um unser eigenes Leben geht
HOUARI nein
nichts
AZIZA Großmutter steckt sicher dahinter
sie findet dass wir frech sind
HOUARI dass du frech bist
AZIZA ja weil ich ein Mädchen bin
du machst genau dasselbe
aber ich bin frech
HOUARI kannst du dir ausdenken
was dir bevorsteht
AZIZA darf ich mit
HOUARI wohin
AZIZA wenn du abhaust
HOUARI ich bin schon abgehauen
AZIZA was
HOUARI meinst du
ich geh wieder nach Hause
AZIZA wo willst du dann hin
HOUARI sag ich besser nicht
AZIZA ich geh mit
HOUARI nein
AZIZA warum nicht
HOUARI ein Mädchen das wegläuft
ist zehnmal schlimmer als ein Junge der wegläuft
das ist Haram
Schande
AZIZA siehst du
schon beginnt es
HOUARI was
AZIZA als Mädchen

darf man hier nichts
lässt du mich jetzt im Stich
HOUARI Aziza
es geht nicht
wenn du wegläufst
wirst du von deiner Familie verstoßen
AZIZA lieber verstoßen als eingesperrt
HOUARI du bist so eigensinnig
wann hörst du endlich zu
AZIZA wem
HOUARI mir
ich bin zufällig immer noch dein älterer Bruder
AZIZA was willst du damit sagen
dass ich machen muss was du willst
HOUARI wenn du abhaust
bin ich verantwortlich
ich muss auf dich aufpassen
AZIZA du musst überhaupt nicht auf mich aufpassen
ich bin kein kleines Kind mehr
ich bin für mich selber verantwortlich
genau wie du
aber gut
ich hau alleine ab
HOUARI Aziza
tu nicht so bockig
geh nach Hause
AZIZA damit ich für den Rest meines Lebens
eingesperrt werde
damit ich ein Leben lang lebe wie Großmutter
nie
HOUARI was willst du dann
AZIZA mit dir mit
dann können wir uns wenigstens helfen
HOUARI glaub nicht
dass es ein hübscher Ausflug wird
AZIZA weiß ich

HOUARI ich vermute
wir haben ein bis zwei Stunden Zeit
dann rufen sie bei der Polizei an
AZIZA und Saïd
HOUARI wir können nicht auf ihn warten
AZIZA warum nicht
HOUARI er ist zu klein
AZIZA er wird wütend sein
zuerst auf Papa und Mama
und dann auf uns
HOUARI geht nicht anders
wir dürfen keine Minute verlieren
AZIZA wohin gehn wir
HOUARI ich weiß eine alte Fabrik
dort sind wir fürs Erste sicher

4

SAÏD Ja ja

die Großen sind wieder unterwegs
hauen mitten in der Nacht ab
die Polizei hinter ihnen her
und der Kleine weiß von nichts
ist auch nicht nötig
ist sowieso zu jung und zu dumm

aber
ich darf sagen
hätte ich ihnen nicht geholfen
wäre es noch schlimmer geworden

als ich nach Hause kam
am Abend vor der Abreise
empfing mich meine Mutter
mit einem Donnerwetter

MUTTER warum kommst du so spät
du solltest um acht Uhr zu Hause sein
jetzt ist es nach zehn
wo warst du
ich habe mir Sorgen gemacht
wann gehorchst du endlich
SAÏD nach dem Schwimmen
ging ich mit ein paar Jungs
noch kurz Fußball spielen
es ist doch der letzte Abend
und dann habe ich die Zeit vergessen
MUTTER die Zeit vergessen
SAÏD ich hatte erwartet
meine Mutter würde explodieren
am letzten Abend
ist sie immer gestresst
aber nein
sie wurde plötzlich still
schaute mich sonderbar an
MUTTER hat dein Bruder es erzählt
SAÏD was
MUTTER Amar
sag du es
SAÏD und dann habe ich es vernommen

aber seltsam
es hat mir nichts ausgemacht
es hat mich gar nicht berührt
ich dachte einfach
okay
bleiben wir hier
schade dass Papa zurück muss
und schade
dass ich nicht zu Herrn van Dongen kann
sonst nichts
keine Enttäuschung

nicht betrübt
nicht böse
auch nicht froh
oder begeistert
einfach die Feststellung
okay
bleiben wir hier
ich fand das selber eine seltsame Reaktion

nachdem mein Vater es mir gesagt hatte
war es eine Zeit lang still
MUTTER und
SAÏD was und
MUTTER was sagst du dazu
SAÏD nichts
MUTTER nichts
SAÏD muss ich etwas sagen
MUTTER bist du traurig
SAÏD nein
MUTTER freut es dich
SAÏD auch nicht
MUTTER was dann
SAÏD nichts
ich sehs dann
MUTTER komm zu mir
SAÏD ich schaute zu meinem Vater
VATER ein zehnjähriger Junge
auf dem Schoß seiner Mutter
SAÏD und setzte mich auf den Schoß meiner Mutter
ich lehnte mein Gesicht an das ihre
auf einmal spürte ich eine Träne
weinst du
MUTTER nein
es ist ein seltsamer Tag
SAÏD wo sind Houari und Aziza
MUTTER sie kommen gleich

SAÏD wissen sie es schon
MUTTER Houari weiß es
er wird es seiner Schwester erzählt haben
SAÏD er findet es sicher schrecklich
MUTTER ja
SAÏD kann ich verstehn
er war so glücklich mit seiner Band
hier mögen sie diese Musik nicht
MUTTER hast du noch Hunger
SAÏD nein
MUTTER dann geh die Zähne putzen
SAÏD wann muss ich in die Schule
MUTTER übermorgen
SAÏD wie spät gehst du weg Vater
VATER früh
SAÏD weck mich
ich will dir winken
VATER mach ich

5

SAÏD ich konnte nicht einschlafen
ich wollte warten
bis meine Geschwister nach Hause kamen
aber sie kamen nicht
um zwölf Uhr ging ich runter
es war überall dunkel
Vater und Mutter waren noch auf
sie saßen bei einer Kerze
und tranken Tee
sie sagten nichts

sind sie noch nicht gekommen
MUTTER nein
hast du eine Ahnung
wo sie sein könnten

SAÏD nein

aber ich wusste es sofort
sie waren in der alten Fabrik
vor einer Woche
tat Houari so geheimnisvoll
da schlich ich hinter ihm her
wetten sie sind dort
VATER wann hast du sie zuletzt gesehen
SAÏD als alle weggingen
vom Strand
VATER soll ich die Polizei anrufen
SAÏD er hat es sicher seiner Schwester erzählt
und dann sind sie abgehauen
MUTTER dann weiß es morgen die ganze Stadt
SAÏD ohne an mich zu denken
VATER was sonst
SAÏD sie hätten nur
am Bolzplatz vorbeikommen müssen
MUTTER wart noch einen Augenblick
vielleicht kommen sie gleich
SAÏD fanden sie nicht nötig
Saïd ist zu klein
und zu dumm
den können wir nicht gebrauchen
VATER glaubst du selber nicht
SAÏD plötzlich wurde ich sauer

hoffentlich findet sie die Polizei
und verprügelt sie
Aziza auch
eingebildetes Miststück
MUTTER wenn sie sich beruhigt haben
stehen sie wieder vor der Tür
SAÏD oder sag ich einfach
wo sie sind

VATER ist doch der Gipfel
Kinder die ihren Eltern nicht gehorchen
SAÏD sie haben mich auch sitzen lassen
MUTTER wir hätten es ihnen früher sagen sollen
VATER nimm du sie wieder in Schutz
SAÏD Mama
MUTTER ja
Pause
was ist
SAÏD hast du noch etwas zu essen
MUTTER im Kühlschrank
SAÏD nein
das geht nicht
VATER ich werde Abbas anrufen
SAÏD seine Geschwister
verrät man nicht
auch nicht wenn sie gemein waren
MUTTER dann haben wir sofort Krieg
warte bis es hell wird
SAÏD eigentlich
müsste ich ihnen helfen
MUTTER bitte
VATER dann muss ich gehen
SAÏD sie haben sicher nichts zu essen und nichts zu trinken
MUTTER kannst du nicht einen Tag später abreisen
SAÏD wenn ich ihnen nicht helfe
müssen sie klauen gehen
und wenn man sie dabei erwischt
werden ihnen vielleicht die Hände abgehackt
VATER ich habe eine Verabredung mit einem wichtigen Kunden
ich kann ihm nicht absagen
SAÏD Mama
MUTTER ja
Pause
was ist denn
SAÏD ich finde nichts

MUTTER schau im Vorratsschrank nach
VATER ich muss morgen früh fahren
  sonst bekomme ich Ärger
MUTTER wenn du krank wärst
  ginge es auch
SAÏD krieg ich den Schlüssel
VATER ich bin nicht krank
SAÏD im Korridor
  schnappte ich mir die große Einkaufstasche
MUTTER und wenn du es einfach sagst
SAÏD und packte sie voll
VATER was
SAÏD mit Wasserflaschen
  Brot Oliven Feigen Datteln was weiß ich
MUTTER dass du ein Problem hast mit deinen Kindern
SAÏD damit können sie
  sicher ein paar Tage durchhalten
VATER ja das ist eine gute Idee
  das sehe ich direkt vor mir
  Amar kommt noch nicht
  seine Kinder sind davongelaufen
  Riesengelächter
SAÏD ich stellte die Tasche
  in die Ecke bei der Tür
  legte ein Tuch darüber
  ging zurück ins Zimmer
MUTTER wir hätten es früher sagen müssen
  dann hätten sie sich darauf einstellen können
SAÏD hier Mama
  der Schlüssel
VATER hätten
  hätten
  ich rufe jetzt Abbas an
  und tu mir den Gefallen
  sei nett zu ihm
  wenn ich weg bin

SAÏD und während mein Vater
seinen ältesten Bruder anrief
trank ich ein Glas Tee
mit meiner Mutter

6

AZIZA ich frier
HOUARI ich auch
AZIZA und hab Hunger
HOUARI vielleicht
war es doch keine gute Idee
AZIZA was
HOUARI abzuhauen
AZIZA doch
HOUARI ich meine
wir hätten es besser vorbereiten müssen
wir hätten Decken und etwas zum Essen mitnehmen sollen
AZIZA dazu hatten wir keine Zeit
HOUARI wir halten es nicht lange aus
AZIZA warum nicht
HOUARI wir haben nicht einmal Wasser
AZIZA ich weiß was
HOUARI na
AZIZA in der Nähe ist ein kleiner Kiosk
die Tür öffnen wir mit einem Nagel
HOUARI und dann
AZIZA klauen wir was wir brauchen
HOUARI kannst du sicher sein
dass wir morgen die Polizei am Hals haben
AZIZA wieso
HOUARI sie lassen kurz ihre Hunde schnüffeln
wetten die entdecken unsere Spur
AZIZA was willst du dann

HOUARI vielleicht
müssen wir doch wieder nach Hause
AZIZA tu das
ich geh nicht mit
HOUARI wenn Papa weg ist
versuchen wir es noch einmal
aber besser vorbereitet
AZIZA du traust dich nicht
HOUARI was
AZIZA abzuhauen
HOUARI ich bin doch abgehauen
AZIZA aber jetzt hast du Hunger
und Durst
und frierst
und schon willst du heim
HOUARI ist doch normal
AZIZA normal
schwach
ein bisschen abhauen gibt es nicht
entweder du haust ab
oder nicht
HOUARI willst du hier bleiben
und Hunger und Durst und Kälte ertragen
AZIZA ja klar
du hast selber gesagt
dass es kein gemütlicher Trip sein wird
HOUARI und jetzt
AZIZA machen wir einen Plan
wie wir es durchstehen können
wie wir ohne Pässe
aus dem Land rauskommen
HOUARI wir sind zwölf und dreizehn
AZIZA du bist beinah vierzehn
und zudem sehen wir älter aus
mindestens wie fünfzehn

und jetzt hör auf zu jammern
sonst kannst du gehn
HOUARI ich lass dich doch nicht im Stich
AZIZA lieber allein
als mit einem Hosenscheißer
was ist jetzt
gehst du nach Hause
oder bleibst du
HOUARI klar bleib ich
blöde Kuh
ich kann doch nicht ohne dich nach Hause kommen

Pause

AZIZA ich hör was
HOUARI sicher irgendein Tier
AZIZA nein
es kommt jemand
gib mir den Stock
HOUARI Vorsicht
AZIZA halt
noch einen Schritt
und ich schlag dir den Schädel ein
wer bist du
was willst du
SAÏD ich bin es
Saïd
HOUARI hast du noch Töne
AZIZA was machst du hier
SAÏD Essen bringen
und Wasser
und Decken
HOUARI woher weißt du dass wir hier sind
SAÏD ich schlich hinter dir her
letzte Woche
du hast so geheimnisvoll getan

AZIZA und als wir nicht nach Hause kamen
dachtest du
sie sind dort
SAÏD ja
AZIZA Saïd
fantastisch
du bist der rettende Engel
wir haben gerade darüber nachgedacht
wie wir es aushalten können
ohne Essen und Trinken
stimmts Houari
HOUARI ja
aber ich mag es nicht
wenn man spioniert
AZIZA sei froh dass er gekommen ist
er hat sogar Decken mitgebracht
HOUARI ist die Polizei schon hinter uns her
SAÏD nein
aber Papa hat Onkel Abbas angerufen
HOUARI Armleuchter
SAÏD er sagte ihm er solle euch ausfindig machen
falls ihr bis morgen Abend nicht zu Hause seid
AZIZA mischt der sich auch noch ein
SAÏD Papa geht früh weg
ich muss zurück
sonst will er mich wecken
und ich lieg nicht im Bett
AZIZA schnell geh
HOUARI danke Saïd
du bist fantastisch
AZIZA find ich auch
SAÏD na
ihr würdet das für mich doch auch tun
oder

7

SAÏD ich lag rechtzeitig wieder im Bett

als mein Vater mich weckte
stand ich auf
zog mich an
und Mama und ich winkten ihm zum Abschied
VATER oder möchtest du dass ich bleibe
MUTTER nein
geh nur
wir schaffen es
nicht wahr Saïd
SAÏD ja
VATER gib Acht auf deine Mutter
SAÏD ja
VATER ich rufe so bald wie möglich an
SAÏD und er ging
zurück nach Holland
allein
in vier Monaten komme er wieder
sagte er
an Weihnachten

bevor er sich umdrehte um zu winken
fuhr er sich mit der Hand über die Augen
als er um die Ecke bog und verschwunden war
nahm mich meine Mutter bei der Hand
und zog mich hinein
MUTTER im Vorratsschrank fehlt Einiges
SAÏD was
MUTTER Feigen Datteln Brot Wasser Oliven
SAÏD oh
MUTTER es lag bereit für Papa
heute Morgen war alles weg
SAÏD wer hat das getan

MUTTER ich nehme an du
SAÏD ich
MUTTER ja
SAÏD was soll ich damit
ich bekomme doch von dir zu essen
MUTTER ich denke du hast es ihnen gebracht
SAÏD wem
MUTTER deinen Geschwistern
SAÏD wie kommst du darauf
MUTTER und wenn es so ist
finde ich es schön von dir
SAÏD und wenn es nicht so ist
MUTTER würde ich mir Sorgen machen
SAÏD warum
MUTTER dann müssen sie stehlen gehen
und alles wird noch schlimmer
hast du ihnen heute Nacht Essen gebracht

Pause

SAÏD ja
MUTTER du bist ein großer Schatz
ein tapferer Junge
ich bin stolz auf dich
Geschwister müssen sich helfen
immer
was auch geschehen mag
SAÏD sagst du es Papa
MUTTER Papa ist fort
SAÏD oder Onkel Abbas
MUTTER sicher nicht
SAÏD wirklich nicht
MUTTER wir bringen das selber in Ordnung
SAÏD wie denn
MUTTER hier
ein Brief für Houari und Aziza
bringst du ihn den beiden

SAÏD was steht drin
MUTTER das hörst du dann
geh jetzt

8

HOUARI liebe Kinder

es ist fünf Uhr am Morgen
langsam wird es hell
in ein paar Stunden verreist Papa
allein nach Holland
und wir werden ihm nicht
gemeinsam winken
denn ihr seid gestern Abend weggelaufen
ich finde das nicht gut
Kinder in eurem Alter
müssen ihren Eltern gehorchen
auch wenn sie nicht einverstanden sind
Gehorsam
ist ein wichtiger Bestandteil
unseres Glaubens
unserer Kultur
ich wollte
es wäre in Holland auch so

aber dort ist das anders
und darum finden wir es besser
wenn ihr noch ein paar Jahre hier lebt
hier haben Worte wie Ehre und Schande noch eine Bedeutung
ich verstehe sehr gut
dass es für euch schwierig ist
und ich kreide es mir an
dass wir euch erst gestern
unseren Beschluss mitgeteilt haben

wir hätten es euch
ein paar Wochen früher sagen sollen
dadurch hätten wir uns den Urlaub verdorben
aber ihr hättet Zeit gehabt
darüber nachzudenken
mit uns
oder mit andern darüber zu sprechen
wir haben das nicht gut gemacht
es tut mir sehr Leid

es ist furchtbar dass sich Eltern und Kinder
jetzt so gegenüberstehen
aber für Papa ist Familienschande
ein Schreckbild
wenn wir uns in den kommenden Tagen
aus zwei feindlichen Lagern
mit Vorwürfen überhäufen
oder schlimmer noch
totschweigen
kommt es soweit
dass die Familie auseinander fällt
dass ihr keine Eltern mehr habt
und wir keine Kinder
das wäre furchtbar
die einzige Möglichkeit
eine Lösung zu finden
ist miteinander reden

als ich entdeckte
dass Sachen aus dem Vorratsschrank
verschwunden waren
hoffte ich
dass es Saïd getan hat um euch zu helfen
und tatsächlich
als wir im Bett lagen
hörte ich ihn leise aufstehen

und ich sah
wie er mit einer vollen Tasche und Decken
aus dem Haus schlich
ich bin stolz auf ihn
ein zehnjähriger Junge unternimmt etwas
gegen den Willen seiner Eltern
um seinen Geschwistern zu helfen
das ist mutig
es ist auch ungehorsam
aber ungehorsam mit der Absicht
andern zu helfen

zuerst dachte ich
ich geh hinter ihm her
dann weiß ich wo sie sind
und sie können zurück sein
bevor Amar verreist
aber ich habe es nicht getan
ihr und ich
wir werden eine bessere Lösung finden

aber wir müssen uns beeilen
Papa hat Onkel Abbas angerufen
und wenn er sich einmischt
wird es eine Katastrophe

liebe Kinder
schon die Art und Weise wie man miteinander umgeht
trägt dazu bei einen Konflikt zu lösen
ich hoffe der Brief gibt euch wieder Vertrauen
lasst uns bald zusammenkommen
hier zu Hause oder irgendwo anders

inzwischen seid vorsichtig
macht nichts Dummes
viel Liebes und Küsse von eurer Mutter
Mouna

9

AZIZA fall ich nicht drauf rein
HOUARI warum
ist doch ein lieber Brief
AZIZA aber ändert nichts
es steht nicht
dass wir zurück dürfen nach Holland
HOUARI hast du das erwartet
AZIZA es klingt nett
aber bringt nichts
HOUARI außer dass sie Recht hat
wenn wir so weiter machen
haben wir bald keine Eltern mehr
sind obdachlos
oder kommen in ein Waisenhaus
kannst du eine Münze werfen
AZIZA du bist einfach zu schwach
HOUARI und du zu fanatisch
SAÏD ihr braucht doch nicht derselben Meinung zu sein
oder dasselbe zu tun
Houari geht zu Mama und redet mit ihr
und Aziza bleibt hier
AZIZA wir müssen am gleichen Strang ziehen
sonst haben wir schon verloren
HOUARI mit jemandem reden schadet nie
schon gar nicht mit der eigenen Mutter
ich finde es eine gute Idee
AZIZA okay
von mir aus
aber ich bleibe hier
und ihr verratet mich nicht
SAÏD wie kommst du darauf
AZIZA Houari
HOUARI Ehrenwort
AZIZA weißt du warum ich so eisern bin

SAÏD bist du doch immer
AZIZA weil es für mich
noch schlimmer ist als für euch
Mädchen zählen hier nicht
haben nichts zu sagen
gehorchen
drin sitzen
putzen
kochen
Kinder kriegen

der Mann ist der Boss
wenn Eltern sich scheiden lassen
werden die Kinder dem Mann zugesprochen
auch wenn er sich nie um sie gekümmert hat
eine Ausbildung
ein Arbeitsplatz
ist gar nicht nötig
sonst werden sie nur aufmüpfig

eine Frau
ist eine Gebärmutter
sonst nichts

ihr findet das hier ein verstocktes Land

für Mädchen
für Frauen
ist es noch zehnmal verstockter
HOUARI aber wir müssen einen Ausweg finden
du kannst nicht ewig
hier bleiben
AZIZA lieber in Holland in einem Waisenhaus
als fünf Jahre hier
das kannst du Mama sagen
SAÏD bist du sicher

AZIZA ja
ganz sicher
SAÏD werden wir dir nicht fehlen
AZIZA natürlich
sogar sehr
aber lieber das
als ein minderwertiger Mensch sein
SAÏD die Mädchen hier
sehen sehr glücklich aus
AZIZA weil sie sonst nichts kennen
und sich schon lange
mit ihrer Situation abgefunden haben
was bleibt ihnen anderes übrig
SAÏD kannst du das nicht auch
AZIZA was
SAÏD dich mit der Situation abfinden
AZIZA nein
kann ich nicht
und will es auch nicht
ich will genau so viele Chancen haben wie ihr
HOUARI komm Saïd wir gehn
ich komm zurück
so schnell wie möglich
AZIZA bringst du mir etwas mit
HOUARI was
AZIZA das Tagebuch der Anne Frank
es liegt neben meinem Bett

10

VATER mein jüngster Bruder
ging mit mir zusammen
vor zwanzig Jahren
nach Holland
er war einundzwanzig
ich dreiundzwanzig

wir waren beide noch Junggesellen
und hatten unseren Vater
um Erlaubnis gefragt
ich arbeitete bei einem internationalen
Transportunternehmen
wo ich später stellvertretender Direktor wurde
mein Bruder in einer Schwermetallfirma
da er ein attraktiver Mann war
lernte er bald ein Mädchen kennen
sie verliebten sich
und ein Jahr später heirateten sie
natürlich in Marokko
denn auch die Familie des Mädchens wohnte dort
das Fest dauerte fünf Tage
jahrelang sprach man noch davon

seine älteste Tochter
Fatma
wurde zwei Jahre vor Houari geboren
sie war ein wunderschönes Kind
strahlend
und unendlich lieb
zu ihren Geschwistern
ihren Eltern
zu Großvater und Großmutter
den Nachbarn
zu allen

bis sie dreizehn war
innerhalb eines halben Jahres
wurde aus dem fröhlichen Kind
ein widerspenstiges Mädchen

zuerst kamen Briefe von der Schule
sie habe den Unterricht geschwänzt
sei frech gewesen

habe Mitschüler bestohlen
mein Bruder sprach mit dem Klassenlehrer
mit der Schulleitung
aber niemand kriegte sie in Griff
es wurde immer schlimmer

eines Tages
musste er zur Polizei
weil sie in der Stadt etwas ausgefressen hatte
du weißt dass das verboten ist
sagte ein Polizist zu ihr
was geht dich das an
sagte sie
was denkst du wer du bist mit deinen zwei Streifen
zwei Streifen ist doch nichts
mein Bruder wäre am liebsten in den Erdboden versunken
vor Scham

zum Schluss bekam er einen Brief
sie sei von der Schule verwiesen worden
er müsse sich selber um alles Weitere kümmern

er wollte sie in einer katholischen Schule unterbringen
aber man hat sie nicht genommen
in einer zweiten Schule hätte es geklappt
aber die war zu weit weg
das war ihm zu riskant

schlussendlich hat er sie ein paar Monate lang
zu Hause eingesperrt
in ihr Zimmer
bis Leute von der Schulaufsichtsbehörde es merkten
dann kam sie doch in die katholische Schule

aber das Familienleben meines Bruders war gestört
sogar sehr

11

ABBAS er hätte nie nach Holland gehen sollen
mein Bruder
TANTE hättest du sagen sollen als er ging
ABBAS ich habe es gesagt
aber Mutter wollte einen Kühlschrank
nur so konnten wir einen kriegen
TANTE zerbrich dir nicht den Kopf
es hat keinen Sinn
ABBAS wie soll das weitergehen
TANTE sie haben sich irgendwo versteckt
die tauchen schon wieder auf
ABBAS ich verstehe diese Kinder nicht
zwölf und dreizehn Jahre alt
sie müssen doch ihren Eltern gehorchen
TANTE es sind holländische Kinder
dort geboren dort aufgewachsen
sie können gar nicht richtig Arabisch sprechen
was sollen sie hier
ABBAS ich muss es Mutter sagen
sonst hört sie es von andern
TANTE ich gehe inzwischen einkaufen
ABBAS bleib hier
mich schreit sie sofort an
du kannst besser mit ihr reden
TANTE wenn du das Reden nennst
ABBAS soll ich sie hereinrufen
TANTE muss wohl
ABBAS Mutter
bitte kommen Sie kurz rein
ich muss etwas mit Ihnen besprechen
GROSSMUTTER hast du keinen Anstand
mich anzuschreien wie einen Hund
kannst du nicht zu deiner alten Mutter hingehen
ist das zu viel verlangt

ABBAS setzen Sie sich Mutter
GROSSMUTTER ich setze mich nicht
ich arbeite im Garten
ich habe viel zu tun
ihr tut ja nichts
ihr sitzt hier rum
mitten am Tag
ABBAS Mutter
GROSSMUTTER wenn Vater noch leben würde
würdest du deine abgerackerte Mutter
nicht so behandeln
er würde dich verprügeln
bis du innen und außen blau wärst
ABBAS Mutter
ich muss Ihnen etwas sagen
GROSSMUTTER etwas Mieses natürlich
sitzt einer deiner Söhne wieder im Gefängnis
oder ist eine deiner Töchter durchgebrannt
mit einem französischen Touristen
sollte mich nicht wundern
deine Kinder gehorchen weder Gott noch den Geboten
du hättest sie strenger erziehen sollen
ABBAS es geht um Amars Kinder
GROSSMUTTER komm mir nicht mit diesem Gesocks
von diesem gottlosen Pack
ist alles zu erwarten
was ist
ABBAS sie sind weg
GROSSMUTTER zurück nach Holland
ohne sich zu verabschieden
wundert mich nicht
und mein Sohn
ist abgereist
ohne um den Segen seiner Mutter zu bitten
Allah möge ihn gnadenlos bestrafen
er soll schmoren im heißesten Feuer

ABBAS nein Mutter
weggelaufen
GROSSMUTTER weggelaufen
ABBAS Amar wollte dass sie hier bleiben
GROSSMUTTER alle drei
ABBAS zwei
Houari und Aziza
GROSSMUTTER seit wann
ABBAS gestern Abend
GROSSMUTTER und das höre ich erst jetzt
ABBAS wir haben gehofft
sie kämen zurück
GROSSMUTTER na ja
passt zum Übrigen
habe ich euch deshalb aufgezogen
Allah ist mein Zeuge
ich habe für euch geschuftet
und jetzt so was
ich hätte euch wie junge Katzen ersäufen sollen
TANTE jetzt reicht es Mutter
Abbas will etwas mit Ihnen besprechen
beleidigen Sie ihn nicht
und schon gar nicht im Namen des Barmherzigen
Sie sollten sich schämen
die eigenen Kinder zu verfluchen
ihnen die Hölle zu wünschen
wer schickt Ihnen jeden Monat Geld
Amar
in wessen Haus wohnen Sie
in Abbas' Haus
Sie haben keinen Grund sich zu beklagen
und Sie müssen nichts tun was Sie nicht wollen
weder im Garten
noch in der Küche
noch sonst wo
ich kann das alles selber machen

aber ich will nicht dass Sie stänkern
wenn ich mich einmal hinsetze
und über unsere Kinder
will ich auch nichts Schlechtes hören
sie sind immer freundlich und höflich zu Ihnen
aber nie machen sie es Ihnen recht
Sie haben immer etwas auszusetzen
und davon habe ich ein für alle Mal genug
Pause
so
ihr könnt wieder weitermachen
ABBAS ich habe nicht mehr viel zu sagen
wenn sie heute Abend noch nicht zu Hause sind
werde ich sie suchen
GROSSMUTTER es tut mir Leid Junge
deine Frau hat Recht
in mir steckt eine alte Hexe
aber ich werde sie nicht los
TANTE kommen Sie Mutter
setzen Sie sich in den Sessel am Fenster
machen Sie es sich gemütlich
Hacken im Garten
ist eine viel zu schwere Arbeit für Sie
lassen Sie das
GROSSMUTTER ich muss doch mithelfen
ihr tut so viel für mich
TANTE Sie müssen gar nichts
Sie haben in Ihrem Leben genug getan
jetzt dürfen Sie ausruhen
genießen
GROSSMUTTER ich kann das nicht mein Kind
ich kann es nicht *weint*
TANTE ich zeige Ihnen wie es geht
setzen Sie sich hin
Abbas liest Ihnen etwas aus der Zeitung vor
und ich mache Ihnen einen Tee

12

HOUARI Tag Mama
MUTTER Tag mein Junge
HOUARI wir haben deinen Brief gelesen
MUTTER schön
ist Aziza nicht mitgekommen
HOUARI nein
MUTTER geht es euch gut
HOUARI ziemlich
MUTTER ich bin froh dass du gekommen bist
willst du Tee
HOUARI gerne
MUTTER da sitzen wir
HOUARI ja
MUTTER werden wir es schaffen
HOUARI ich weiß nicht
MUTTER was habt ihr vor
HOUARI zurück nach Holland
MUTTER wie
HOUARI sag ich nicht
aber wir haben einen Plan
MUTTER mit einem Schiff
HOUARI vielleicht
MUTTER dabei kommen viele Menschen um
HOUARI kann sein
MUTTER und in Holland
was dann
HOUARI gehen wir wieder zur Schule
MUTTER und wo wohnt ihr
HOUARI vielleicht in einem Waisenhaus
oder in einer Pflegefamilie
MUTTER das geht nur
wenn man uns die elterlichen Rechte entzieht
HOUARI dann muss man das machen
MUTTER alles lieber als hier bleiben

HOUARI findet Aziza jedenfalls
MUTTER und du
HOUARI ich weiß nicht
MUTTER und wenn es euch nicht gelingen sollte
und die Polizei euch wieder nach Hause bringt
HOUARI machen wir weiter
bis es gelingt
MUTTER willst du es nicht wenigstens mal versuchen
HOUARI was
MUTTER hier zu wohnen
und zur Schule zu gehen
HOUARI warum
MUTTER weil wir der Meinung sind
dass es gut für dich wäre
HOUARI wie lang
MUTTER zum Beispiel zwei Jahre
HOUARI ich kann nicht genügend Arabisch
MUTTER das kannst du lernen
HOUARI muss ich mich zu Tode arbeiten
MUTTER wenn es anders nicht geht
HOUARI und nach zwei Jahren
MUTTER schauen wir ob wir es dir zutrauen
wieder nach Holland zu gehen
HOUARI wird Papa nie einverstanden sein
MUTTER ich bin auch noch da
HOUARI du hast nichts zu sagen
MUTTER manchmal schon
HOUARI wann
MUTTER Papa hat mich gestern noch gefragt
ob ich einverstanden sei
HOUARI und dann hast du ja gesagt
MUTTER ja
HOUARI wenn verhandelt wird
müssen beide Teile etwas beitragen
oder
MUTTER meistens

HOUARI ich mache einen Vorschlag
MUTTER ja
HOUARI ich bleibe mit dir und Saïd hier
zwei Jahre
und Aziza darf zurück nach Holland
dort wohnt sie bei Papa
und kann in ihre Schule gehen
das ist auch für Papa schöner
MUTTER ich weiß nicht was Papa dazu sagt
HOUARI was sagst du dazu
MUTTER ich finde es eine gute Idee
HOUARI na also
MUTTER aber Papa hat etwas anderes vor
HOUARI musst du ihm ausreden
du bist die Einzige die das kann
MUTTER bist du sicher
HOUARI ja
MUTTER willst du wirklich hier bleiben
und deine Schwester gehen lassen
HOUARI für sie ist es wichtiger
als für mich
MUTTER komm her
ich wusste nicht dass mein Sohn
ein so guter Unterhändler ist

13

ABBAS Mouna
ich muss mit dir reden
MUTTER tut mir Leid Abbas
ich habe keine Zeit
ABBAS ich bin dein ältester Schwager Mouna
wenn ich mit dir reden will
hast du Zeit
vor allem da dein Mann mich gebeten hat
auf seine Kinder Acht zu geben

MUTTER gut
komm herein
setz dich
ABBAS wenn Houari und Aziza zurückkommen
will ich dass du sie zu mir schickst
MUTTER warum
ABBAS ich werde dafür sorgen dass sie bestraft werden
MUTTER mache ich lieber selber
ABBAS das kannst du nicht
MUTTER warum nicht
ABBAS du bist eine Frau
MUTTER und
ABBAS Frauen sind weich
MUTTER was hast du vor
ABBAS sie kriegen die Peitsche
ich werde ihnen beibringen
dass man seinen Eltern gehorcht
MUTTER kommt nicht in Frage
wenn meine Kinder bestraft werden müssen
mache ich das
und anders
ABBAS weißt du mit wem du sprichst Mouna
du bist hier nicht in Holland
MUTTER ich bin ihre Mutter
es sind meine Kinder
ABBAS es sind die Kinder deines Mannes
du hast nichts zu sagen
MUTTER Abbas
ich will keinen Streit mit dir
aber ich sage dir klar und deutlich
wir sind zurückgekommen
weil wir glauben dass es gut ist für die Kinder
aber wir wollen nicht ein Leben wie früher
ABBAS du hast schon immer Haare auf den Zähnen gehabt
MUTTER Amar und ich
sind beide verantwortlich für die Kinder

ich vielleicht noch mehr
weil ich mich um sie kümmere
ABBAS schau was dabei herausgekommen ist
MUTTER ich bin froh wenn du mir hilfst Abbas
aber misch dich nicht ein
ABBAS wenn hier eine Frau ihrem Mann nicht gehorcht
kann man sie verstoßen
MUTTER Amar vertraut mir
sonst hätte er mich nicht alleine gelassen
ABBAS ich nicht
MUTTER tut mir Leid
ABBAS du sprichst
als ob du noch immer in Holland wärst Mouna
wir sind hier in Marokko
ich werde meinen Bruder anrufen
möge der Barmherzige dich Demut lehren

14

HOUARI dann ging es schief
AZIZA wir wurden unvorsichtig
HOUARI weil wir meinten
alles sei schon geklärt
gingen wir zu früh aus der Fabrik raus
AZIZA und wurden festgenommen
HOUARI von der Polizei
denn Onkel Abbas hatte sie am Mittag angerufen
AZIZA was man hier Polizei nennt
ein paar Schläger
Sadisten
HOUARI du hast es aber auch nicht geschickt gemacht
AZIZA wusst ich doch nicht
HOUARI sie beschimpfte die Polizisten
verpiss dich Rindvieh
was denkst du wer du bist du Arschloch

Finger weg Zwerg
darfst du denen hier nicht sagen
AZIZA sie schlugen auf mich ein
das kann man sich nicht vorstellen
HOUARI als ich ihr helfen wollte
schlugen sie mich auch
ließen mich gar nicht zu Wort kommen
AZIZA erst schlagen
dann reden
ist die Devise
HOUARI innerhalb weniger Minuten
flogen mir drei Zähne raus
wir waren beide grün und blau geschlagen
AZIZA an den Haaren
schleiften sie uns ins Polizeiauto
HOUARI und dann
im Höllentempo auf den Posten
AZIZA ich fragte ob ich meine Mutter anrufen könne
HOUARI wozu
AZIZA fragen ob sie uns abholt
HOUARI denke ich nicht junge Dame
ihr bleibt noch ein Weilchen hier
AZIZA dann warfen sie uns in Zellen
die Hände auf den Rücken gebunden
HOUARI mich zu stinkigen Männern
AZIZA mich zu ein paar durchgedrehten Weibern
HOUARI ich dachte ich bin in einer Senkgrube gelandet
es stank wie die Pest
AZIZA grauenhaft
Ratten liefen an den Wänden entlang
HOUARI keiner redete ein Wort
sie schauten mich an
als ob ich ihr nächster Imbiss wäre
AZIZA ich klapperte mit den Zähnen vor Angst
konnte gar nicht mehr aufhören

HOUARI ein paar Stunden später
stand plötzlich Onkel Abbas vor uns
AZIZA Tag Onkel
HOUARI er sagte kein Wort
schaute uns nur mit eiskalten Augen an
AZIZA ich wusste sofort
das kann noch gemütlich werden
HOUARI er gab den Polizisten ein Zeichen
sie sperrten die Türen auf
zerrten uns raus
AZIZA die Hände immer noch gefesselt
HOUARI draußen stand ein kleiner Bus
sechs Männer saßen drin sprachen kein Wort
AZIZA wir wurden in den Bus gepfercht
der Onkel setzte sich ans Steuer
HOUARI wir fuhren nicht nach Hause
sondern aus der Stadt raus
AZIZA bei einem Schuppen hielten wir an
HOUARI die Männer stießen uns mit Tritten aus dem Auto
und rein in den Schuppen
AZIZA der Onkel war verschwunden
HOUARI sie setzten uns auf zwei Hocker
einander gegenüber
AZIZA die ganze Zeit wurde kein Wort gesprochen
HOUARI plötzlich zur selben Zeit
brüllten alle sechs los
AZIZA ich verstand nichts
nur das Wort Haram
das kam in jedem Satz vor
HOUARI sie zogen ihre Peitschen hervor
und schlugen auf uns ein
AZIZA das Einzige was wir machen konnten
war unsern Kopf mit den Händen schützen
HOUARI irgendwann
hörten sie auf
wir hatten überall Striemen

AZIZA dann mussten wir uns aufrecht hinsetzen
HOUARI und abwechselnd Fragen beantworten
AZIZA wenn ihnen eine Antwort nicht passte
bekam der Andere einen Hieb
HOUARI es passte ihnen natürlich nichts
AZIZA warum seid ihr weggelaufen
HOUARI weil
AZIZA patsch
HOUARI warum gehorcht ihr euren Eltern nicht
AZIZA sie wollten
HOUARI patsch
AZIZA wer hat euch Essen gebracht
HOUARI haben wir
AZIZA patsch
HOUARI wo habt ihr das Essen gestohlen
AZIZA das ist nicht
HOUARI patsch
AZIZA warum habt ihr eurer Familie Schande gemacht
HOUARI patsch
AZIZA warum trägst du kein Kopftuch
HOUARI patsch
AZIZA und so weiter und so fort
die Fragen wurden immer sinnloser
HOUARI wie alt bist du Nutte
AZIZA patsch
HOUARI wo bist du geboren
AZIZA patsch
HOUARI wie oft betest du am Tag
AZIZA patsch
HOUARI wie heißt deine Mutter
AZIZA patsch
HOUARI wir antworteten schon lang nicht mehr
AZIZA patsch
HOUARI es hatte gar keinen Sinn
AZIZA patsch
HOUARI als ihnen die Hände weh taten

AZIZA patsch
HOUARI hörten sie auf
AZIZA patsch
HOUARI sie banden uns los
und fuhren weg
AZIZA wir mussten schauen wie wir nach Hause kamen

15

SAÏD Onkel Abbas rief an
und sagte die Polizei habe sie gefunden
sie seien um zehn Uhr zu Hause
haben sie dann gegessen
fragte meine Mutter
du brauchst nicht zu kochen
sie haben keinen Hunger mehr
sagte er
um halb elf
bellten die Hunde der Nachbarn
wir gingen hinaus
sie kamen gerade angehumpelt
wir erschraken zu Tode
überall Blut und blaue Flecken
als sie im Haus waren
heulten sie los
und meine Mutter auch

mein Bruder erzählte was geschehen war
meine Schwester sagte nichts
sie saß nur da
auch als meine Mutter vorsichtig versuchte
das Blut abzuwaschen
sie gab auch keine Antwort wenn man sie etwas fragte
sie saß da
als ob es sie nicht gäbe
gespenstisch

als wir ins Bett gehen wollten
fragte sie plötzlich
was Vater gesagt habe
Mutter versuchte auszuweichen
aber Aziza sagte
hast du mit ihm geredet
ich will es wissen
MUTTER ja
ich habe mit ihm geredet
aber er ist nicht einverstanden
er will nicht dass du nach Holland zurückgehst
er will dass du hier bleibst
mindestens zwei Jahre
SAÏD ich dachte dass sie explodieren würde
schreien und kreischen
oder Weinkrämpfe kriegen
aber nichts
sie sagte nichts
sie tat als ob es sie nichts anginge
MUTTER meine Liebe
geh schlafen
morgen sehen wir weiter
SAÏD sie verzog keine Mine
MUTTER du brauchst die Zähne nicht zu putzen
soll ich dir beim Ausziehen helfen
SAÏD als Mutter auf sie zuging
wurde sie wach
sie schaute Mutter an
gab ihr einen Kuss auf die Stirn
und ging schnell in ihr Zimmer
die Tür machte sie leise hinter sich zu

16

VATER hallo
hallo
MUTTER ich bin es
Mouna
VATER wer
MUTTER Mouna
deine Frau
VATER Mouna
bist du es
MUTTER ja
VATER wie spät ist es
MUTTER vier Uhr am Morgen
VATER wie spät
MUTTER vier Uhr
VATER warum rufst du mitten in der Nacht an
sind sie noch nicht zurück
MUTTER wie bitte
VATER warum rufst du so früh an
sind sie noch nicht zurück
MUTTER Aziza liegt im Krankenhaus
VATER was
MUTTER Aziza liegt im Krankenhaus
VATER warum
MUTTER sie hat sich die Pulsadern aufgeschnitten
VATER was
MUTTER sie hat sich die Pulsadern aufgeschnitten
VATER ich verstehe dich nicht
MUTTER sie hat sich die Pulsadern aufgeschnitten
VATER nein
ist sie gestorben
MUTTER ich habe sie noch rechtzeitig gefunden
VATER was
MUTTER ich habe sie noch rechtzeitig gefunden
VATER Allah sei Dank

MUTTER sie haben sie genäht
es geht wieder
VATER wie bitte
MUTTER es geht wieder
VATER und Houari
MUTTER er ist von der Polizei zusammengeschlagen worden
und Abbas hat ihn auch noch verdroschen
es fehlen ihm ein paar Zähne
VATER ich komme sofort nach Hause
MUTTER wie bitte
VATER ich komme sofort nach Hause
MUTTER nein
du musst dort bleiben
VATER wie bitte
MUTTER du musst dort bleiben
VATER warum
MUTTER sobald es Aziza besser geht
schicke ich sie zu dir
VATER was
MUTTER sobald es ihr besser geht
schicke ich sie zu dir
VATER und dann
MUTTER sie will zurück in ihre Schule
sie will bei dir wohnen
VATER ich habe doch gesagt sie müsse bei dir bleiben
MUTTER wie bitte
VATER sie müsse bei dir bleiben
MUTTER Amar
diesmal musst du auf mich hören
VATER was
MUTTER du musst auf mich hören
VATER tu ich doch
MUTTER nein
tust du nicht
nicht genug
wenn du so weiter machst
verlierst du deine Tochter

VATER ich lasse mir von einem dreizehnjährigen Kind
nichts vorschreiben
MUTTER Amar
liebst du deine Tochter
VATER was
MUTTER liebst du deine Tochter
VATER klar
klar liebe ich sie
sogar sehr
MUTTER dann musst du nachgeben
sonst verlierst du sie
verlieren wir sie alle
VATER Mouna
dann mache ich mich lächerlich
Abbas wartet nur drauf
MUTTER ach was
VATER was
MUTTER lass Abbas
Aziza muss zurück nach Holland
ganz klar
VATER und die Jungs
MUTTER bleiben hier
bei mir
VATER Houari auch
MUTTER ja
VATER gut
schick sie
MUTTER wie bitte
VATER schick sie
MUTTER im Ernst
VATER ja
ich habe es doch gesagt
MUTTER danke
danke Amar
Allah möge dich belohnen
VATER was

Epilog

AZIZA zehn Jahre sind seither vergangen
als ich aus dem Krankenhaus kam
blieb ich noch zwei Wochen zu Hause
dann setzten mich meine Mutter und die Brüder
in ein Flugzeug nach Holland
dort erwartete mich mein Vater
als ich ihn umarmte
brachen wir beide in Tränen aus
zu Hause rief ich meine Freundinnen an
und sagte
dass ich wieder hier sei
sie kamen alle
Vater kochte für uns
Kuskus mit Lammfleisch und Feigen
und alle fanden es lecker
dann fragten sie natürlich
was genau passiert sei
ich schaute Vater an
er sagte
erzähl es
ich bin gespannt was sie dazu sagen
ich erzählte die ganze Geschichte
und zusammen mit meinem Vater
haben wir noch lange darüber geredet

und dann

ging ich auf die Universität
und studierte nicht Jura sondern Ökonomie
und im Nebenfach Arabisch
jetzt arbeite ich bei einer Erdölgesellschaft

HOUARI als Aziza wieder zu Hause war
ging ich sofort zum Zahnarzt
aber es war nichts mehr zu machen
die Zähne waren abgebrochen
später kamen Kronen drauf
das hat meinen Vater noch viel Geld gekostet

tja
dann wohnte ich zwei Jahre lang in Marokko
am Anfang fand ich es grässlich
aber dann ging es
ich habe Arabisch gelernt
und so viele Koranverse
dass ich das Buch
nie mehr sehen will
so wenig wie eine Moschee
die ganze Religion
finde ich überflüssig
aber bitte
ich habe auch Bendir und Darabukka spielen gelernt
und meine holländischen Freunde
fehlten mir weniger als ich dachte
ich habe schnell neue Freunde gefunden
mit denen ich an den Strand ging
Fußball spielte
und zum Schluss sogar Musik machte
durch sie lernte ich
das normale alltägliche Leben kennen
das ist oft schwierig
schwieriger als bei uns
wegen der Armut
der Arbeitslosigkeit
auch wegen der sozialen Kontrolle
und der Religion
jeder passt auf jeden auf
nach zwei Jahren

haben wir fünf
mein Vater
meine Mutter
und wir
lange miteinander gesprochen
und dann beschlossen meine Eltern
dass auch wir wieder nach Holland gehen sollten

als ich wieder hier war
habe ich eine Berufsausbildung für Holztechniker gemacht
ich merkte
dass ich reifer geworden war
aber vielleicht ist das immer so
wenn man älter wird
jetzt arbeite ich bei einem Unternehmer
in ein paar Jahren
will ich ein eigenes Geschäft für Holzverarbeitung
aufmachen

SAÏD und dann gibt es noch den Kleinen
was ist eigentlich aus dem geworden

oh der war ganz unkompliziert
er ging einfach wieder mit nach Holland
das machte ihm nichts aus
aber er ist der Einzige
der auf die schiefe Bahn geriet

wie bitte

ja
hast du das nicht gewusst

nein
wie ist das möglich

so ein netter Junge

es begann mit kleinen Diebstählen
Süßigkeiten
Schulsachen
Shampoo
Schnickschnack
kennt man ja
dann teurere Sachen
CDs
DVDs
einen MP3-Player
Radio
iPod

und dann

fing er an zu kiffen
war in Krawalle verwickelt
wurde von der Polizei festgenommen
saß ein paar Tage
kam wieder raus
dealte
geriet in Schlägereien
Gewalttätigkeiten
Erpressungen
ein Raubüberfall auf eine kleine Postfiliale
die Frau wehrte sich
er erwürgte sie beinahe
kurz
je länger je schlimmer

wirklich wahr

und zum Schluss
Mord und Vergewaltigung

zuerst in einer Bande
später allein

nein

ein kleiner Scherz

ich habe mich auch gut entwickelt
ich bin Schauspieler geworden
zuerst beim Fernsehen
und dies ist meine erste Rolle beim Theater

Desaparecidos

PERSONEN

ERNESTO LOPEZ VOLANDO
FEDERICO ZECCA
GUILLERMO DIAZ
JORGE CRADERO
REYNALDO ZECCA
JOSÉ ANTONIO MIHURA
INES MIHURA
ESTELA LOPEZ VOLANDO
ANGELES LOPEZ VOLANDO MARTINÉZ
JUANA SOLÁ

Das Stück kann mit vier Schauspielern gespielt werden

1

1976

FEDERICO Am Morgen jenes Tages, an dem seine Tochter von Handlangern des Generals entführt wurde, saß Ernesto Lopez Volando vor einem der Barockspiegel im Laden des Guillermo Diaz, Friseur in Buenos Aires, und ließ sich die Haare färben.

ERNESTO Was Neues?

GUILLERMO Humberto Marijuans Hündin hat geworfen. Sie lief wochenlang leise vor sich hin röchelnd herum und war dick wie ein Fass. Eines Nachts erwachte Marijuan, weil es so seltsam still war. Er stand auf und sah, dass sie acht Junge hatte. Eines mit drei Köpfen.

ERNESTO Humberto Marijuan ist ein Fantast.

GUILLERMO Dachte ich auch. Bis er mir das Foto zeigte.

ERNESTO Die Zeit ist aus den Fugen, Guillermo. Sogar die Natur spielt verrückt.

GUILLERMO So ist es, Signor Lopez Volando.

ERNESTO Sonst noch was gehört?

GUILLERMO Wegen verschwinden und so?

ERNESTO Ja.

GUILLERMO Erst die Tür zu. Überall Ohren.

ERNESTO Ja, man kann nicht vorsichtig genug sein.

GUILLERMO Fragas Tochter ist wieder zurück.

ERNESTO Seit wann?

GUILLERMO Seit ein paar Tagen.

ERNESTO Und?

GUILLERMO Sie sah gut aus.

ERNESTO Nicht gefoltert?

GUILLERMO Anscheinend nicht.

ERNESTO Gott sei Dank. Wenn ich mir vorstelle, Estela würde so etwas passieren...

GUILLERMO Geht es ihr gut, Signor Lopez Volando?

ERNESTO Bis jetzt, ja.

GUILLERMO Und Ihrem Enkel?
ERNESTO Federico geht es immer gut.
GUILLERMO Wie alt ist er?
ERNESTO Bald drei.
GUILLERMO Aber Sie machen sich Sorgen.
ERNESTO Mein Schwiegersohn sympathisierte als Student mit den Linken.
GUILLERMO Wer nicht.
ERNESTO Er hat Aktionen gegen Großgrundbesitzer gestartet. Organisierte Demonstrationen.
GUILLERMO Wann?
ERNESTO Vor vier Jahren.
GUILLERMO Zählt das noch?
ERNESTO Alles zählt. Er war Studentenführer.
GUILLERMO Tja. Das ist etwas anderes.
ERNESTO Eben.
GUILLERMO Sind sie nicht in den Norden gegangen?
ERNESTO San Miguel de Tucuman.
GUILLERMO Sicher ruhiger.
ERNESTO Hoffte ich auch. Aber meine Tochter erzählte, dass ein Kollege von ihr, Geschichtslehrer, letzte Woche verschwunden ist. Als sie an jenem Morgen aufstand und das Fenster aufmachte, saß eine Coloradospinne im Fensterkreuz. Sofort überkam sie eine bange Vorahnung. In der Schule hörte sie dann, dass Daniél Bussi in aller Frühe aus dem Bett heraus verhaftet wurde.
GUILLERMO Der Bischof hat am Sonntag in der Kathedrale während des Pontifikalamtes für alle Vermissten gebetet. Und dann zog er in einer feierlichen Prozession durch die Stadt, vor ihm das Bild des heiligen Sebastian, und segnete die Häuser der Desaparecidos.
ERNESTO Kann sein. Aber hat er damit jemanden zurückgeholt?
GUILLERMO Das glaube ich nicht.
ERNESTO Ich auch nicht. Menéndez sagte, etwas weiter oben seien Leichen angeschwemmt worden.

GUILLERMO Welcher Menéndez?
ERNESTO Der alte Fischer. Vermisste, sagte er, die vom Flugzeug aus ins Meer geworfen wurden.
GUILLERMO Scheint mir übertrieben.
ERNESTO Sie sind zu allem fähig, Guillermo.
GUILLERMO Nicht zu so etwas.
ERNESTO Wie viele Menschen sind im letzten halben Jahr verschwunden. Tausende, tausende. Wo sind sie?
GUILLERMO Wie geht es Ihrer Frau, Signor Lopez Volando?
ERNESTO Gut.
GUILLERMO Wie denkt sie darüber?
ERNESTO Worüber?
GUILLERMO Über alles.
ERNESTO Nichts. Sie denkt gar nichts, sie hat zu tun. Jeden Morgen, in aller Früh, geht sie in die Nonnenkapelle, staubt halb verfaulte Heiligenbilder ab, bürstet die Messgewänder aus, kämpft in der Mariengrotte gegen den Schimmel und treibt die zu spät gekommenen Messdiener an. Dann geht sie auf den Markt, kauft nicht, was sie braucht, sondern was man dort loshaben will, schaut auf dem Heimweg bei ihrer gelähmten Schwester vorbei, der sie die Wäsche macht und steht dann den Rest des Tages zu Hause in der Küche.
GUILLERMO Vielleicht besser.
ERNESTO Politik interessiert sie nicht.
GUILLERMO Warum auch.
ERNESTO Solange sie ihre Familie in Sicherheit weiß.
GUILLERMO Hoffen wir das Beste.
ERNESTO Ich wäre ruhiger, wenn meine Tochter wegziehen würde.
GUILLERMO Wohin?
ERNESTO Ins Ausland. Europa, Amerika.
GUILLERMO Im Ernst?
ERNESTO Dieses Regime ist so schlimm wie das der Nazis, Guillermo.
GUILLERMO Ist das nicht übertrieben, Signor Lopez Volando?
ERNESTO Hoffentlich. Aber ich glaube nicht.

FEDERICO Als er fertig war, als seine gefärbten und mit Pomade eingeriebenen Haare über seinem Prokuristengesicht sanft glänzten, gab Ernesto Lopez Volando seinem Friseur die Hand, bevor er aus der Tür ging.
Und Guillermo Diaz, Großneffe des Generals Suáres Mason, der dreißig Jahre später, nach der Aufhebung der verhassten Amnestiegesetze, endlich wegen Vergehen gegen die Menschlichkeit vor Gericht stehen wird, verriegelte die Tür, ging zum Telefon und wählte die Nummer, die ohne weitere Bezeichnung hinten in seinem Büchlein stand.
GUILLERMO Ich habe ein paar neue Angaben: ein Studentenführer und seine Frau. Reynaldo Zecca und Estela Lopez Volando, verheiratet, ein Kind. San Miguel de Tucuman.

2

1984

ERNESTO Acht Jahre später, als die Tankwagen des Generals und die Todesschwadronen endlich aus den Straßen von Buenos Aires vertrieben und die bleiernen Jahre auf dem Friedhof der Geschichte begraben waren, hörte ein elfjähriger Junge, aufgewachsen in einem vornehmen Villenviertel der Stadt, genannt Raúl Mihura, plötzlich auf zu reden.
CRADERO Gut. Erzählen Sie. Was ist Ihr Problem?
INES Mein Sohn Raúl spricht nicht mehr, Herr Doktor.
CRADERO Überhaupt nicht?
INES Nein. Kein Sterbenswort.
CRADERO Seit wann?
INES Ungefähr seit zwei Monaten. Es macht mich ganz krank.
CRADERO Kann ich mir vorstellen. Haben Sie eine Vermutung, was der Grund sein könnte?
INES Deshalb komme ich zu Ihnen, Herr Doktor. Er war immer redselig. Ganze Geschichten von Wesen, die unter den

Fußböden von bewohnten Häusern leben, von bösartigen Geistern, die jahrelang unbemerkt hinter ihren Opfern her sind, bevor sie zuschlagen, von vorbeiziehenden Wolken, in denen sich die Seelen Verstorbener verstecken. Und plötzlich, von einem Tag auf den andern, gibt er keinen Ton mehr von sich.

CRADERO Gut. Wir schauen mal.
Raúl, willst du mir einen Gefallen tun? Ich möchte deine Mutter ein paar Sachen fragen. Gehst du inzwischen in das Zimmer nebenan und zeichnest etwas für mich?

Federico ab.

INES Ich weiß nicht, was ich machen soll.

CRADERO Wir wollen uns zuerst seine Vorgeschichte ansehen.

INES Was meinen Sie damit?

CRADERO Ich möchte gerne Raúls Leben mit Ihnen von Anfang an durchgehen. Zuerst die Schwangerschaft. Wie verlief sie?

INES Was hat das damit zu tun?

CRADERO Vielleicht nichts. Vielleicht doch etwas.
War es eine gewünschte Schwangerschaft? War es für Sie eine angenehme Zeit, oder war Ihnen immer schlecht? Wie war die Geburt? Solche Dinge.

INES Weiß ich nicht.

CRADERO Warum nicht?

INES Wir haben Raúl adoptiert, als er drei war.

CRADERO Ah ja. Können Sie Angaben machen über seine leiblichen Eltern?

INES Auch nicht. Wir wollten einen Neuanfang machen.

CRADERO Einen Neuanfang.

INES Was bringt es, wenn man weiß, warum jemand sein Kind zur Adoption freigibt?

CRADERO Vielleicht wurde er nicht freigegeben.

INES Was denn?

CRADERO Sind seine Eltern gestorben.
INES Das ändert nicht viel.
CRADERO Darf ich fragen, was Ihr Mann von Beruf ist?
INES Militär.
CRADERO Haben Sie einen Beruf?
INES Ich kümmere mich um Raúl. Und um das Haus und den Garten. Und um die Hunde.
CRADERO Haben Sie noch mehr Kinder?
INES Nein.
CRADERO Was waren die Beweggründe, Raúl zu adoptieren?
INES Ich kann keine Kinder bekommen.
CRADERO Weiß Raúl, dass er adoptiert ist?
INES Nein.
CRADERO Sie haben es ihm nicht gesagt?
INES Nein.
CRADERO Warum nicht?
INES Warum sollte ich?
CRADERO Kann er es von jemandem erfahren haben?
INES Ich glaube nicht.
CRADERO Sieht er Ihnen oder Ihrem Mann ähnlich?
INES Nein, überhaupt nicht.
CRADERO Sagen das die Leute manchmal?
INES Ja, regelmäßig.
CRADERO Wie reagiert er darauf?
INES Als ob er es nicht hören würde.
CRADERO Gut. Ich bedanke mich. Ich schau mal, was Raúl gezeichnet hat. Bitte kommen Sie in einer Stunde zurück, dann sind wir sicher fertig.

Ines ab.

CRADERO Komm rein, Raúl.
Ich versuche, deine Zeichnung zu beschreiben. Wenn ich etwas Falsches sage, schüttelst du einfach mit dem Kopf.
FEDERICO Ich kann reden.
CRADERO Willst du?

FEDERICO Wenn Sie nicht Raúl zu mir sagen.
CRADERO So heißt du doch.
FEDERICO Früher.
CRADERO Und jetzt?
FEDERICO Hab ich einen andern Namen.
CRADERO Darf ich ihn wissen?
FEDERICO Ich weiß ihn noch nicht.
CRADERO Versteh ich nicht.
FEDERICO Ich muss erst herausfinden, wie ich wirklich heiße.
CRADERO Und bis dann?
FEDERICO Können Sie mir irgendeinen Namen geben.
CRADERO Soll ich dich Rodolfo nennen?
FEDERICO Nicht mit R.
CRADERO Eduardo?
FEDERICO Gut.
CRADERO Darf ich deine Zeichnung sehen, Eduardo?
FEDERICO Bitte.
CRADERO Danke. Ist das der Obelisk auf der Plaza de Mayo?
FEDERICO Ja.
CRADERO Und die Gestalt mit dem Foto? Ist das eine der Großmütter?
FEDERICO Nein.
CRADERO Wer denn?
FEDERICO Der eiserne Großvater.
CRADERO Nie gehört.
FEDERICO Er sitzt jeden Donnerstagmittag dort.
CRADERO Zwischen all den Frauen?
FEDERICO Ja.
CRADERO Woher weißt du das?
FEDERICO Ich hab es gesehn.
CRADERO Warst du dort?
FEDERICO Im Fernsehen.
CRADERO Wer ist das auf dem Foto?
FEDERICO Ich.
CRADERO Wie bitte?
FEDERICO Ich. Als ich drei war.

CRADERO Woher weißt du das?
FEDERICO Weiß ich.
CRADERO Raúl…, entschuldige, Eduardo, was ist los?
FEDERICO Meine Eltern sind nicht meine Eltern.
CRADERO Das stimmt. Du bist adoptiert worden.
FEDERICO Meine Eltern lügen.
CRADERO Warum?
FEDERICO Und der eiserne Großvater muss mein Großvater sein.
CRADERO Es geht mir zu schnell, Eduardo. Kannst du etwas ausführlicher erzählen?
FEDERICO Nein. Dann muss ich weinen.
CRADERO Du darfst weinen. Bei mir darfst du weinen.
FEDERICO Ich weine erst, wenn ich zu Hause bin. Wirklich zu Hause.

3

1976

ERNESTO Im Unterschied zu allen anderen Geburtstagen in der Familie, die unvermeidlich in großer, fröhlicher Gesellschaft von Verwandten, Freunden und Nachbarn an überladenen Tischen gefeiert wurden, war es an Federicos drittem Geburtstag still.
ESTELA Kein Zufall, Reynaldo.
REYNALDO Was?
ESTELA Dass niemand gekommen ist.
REYNALDO Von der Familie, meinst du?
ESTELA Nein, das versteh ich. Für sie ist es ein weiter Weg.
REYNALDO Wen meinst du denn?
ESTELA Unsere Freunde und die Nachbarn.
REYNALDO Sie haben alle viel zu tun.
ESTELA Sie haben Angst.
REYNALDO Warum?

ESTELA Sie wollen nicht bei uns gesehen werden. Wir sind für sie gefährlich, Reynaldo. Wir müssen weg.
REYNALDO Fang nicht wieder damit an, Estela.
ESTELA Wir müssen weg, bevor es zu spät ist.
REYNALDO Wir wollen es heute genießen.
ESTELA Was?
REYNALDO Den Tag, die Nacht.
ESTELA Steck den Kopf nicht in den Sand, Reynaldo. Heute oder morgen holen sie dich.
REYNALDO Sagst du seit Monaten.
ESTELA Holen sie uns.
REYNALDO Doch nicht jeden, der einmal für irgendetwas demonstriert hat.
ESTELA Du warst Studentenführer.
REYNALDO Seit wir hier wohnen, bin ich ein braver Bürger, Estela. Genau, wie sie es wollen.
ESTELA Dann geh ich allein mit Federico.
REYNALDO Ist nicht dein Ernst.
ESTELA Ich warte hier nicht auf mein Todesurteil.
REYNALDO Wo willst du hin?
ESTELA Keine Ahnung. Untertauchen, aus dem Land raus, weg.
REYNALDO Wovon willst du leben?
ESTELA Reynaldo, bitte. Denk an Federico. Soll er ohne Eltern aufwachsen? Lass uns fliehen, irgendwo neu beginnen.
REYNALDO Und unsere Eltern allein lassen?
ESTELA Sie verstehen es.
REYNALDO Vielleicht deine.
ESTELA Deine auch.
REYNALDO Meine nicht. Du kennst sie doch.
ESTELA Wir haben keine Wahl. Denk an die Nacht der Bleistifte.
REYNALDO War auch dumm von den Schülern.
ESTELA Spielt keine Rolle. Wer Jugendliche verschwinden lässt, weil sie Aktionen für Zuschüsse für irgendwelche Schulprogramme gemacht haben, ist zu allem fähig.

REYNALDO Reg dich nicht auf.

ESTELA Denk an Daniél Bussi.

REYNALDO Ist er noch nicht zurück?

ESTELA Nein. Und er kommt auch nicht zurück.

REYNALDO Gut. Wie du meinst. Dann machen wir es. Wann?

ESTELA Sofort.

REYNALDO Estela, immer mit der Ruhe.

ESTELA Ich habe keine Ruhe. Ich spüre es, sie sind ganz in der Nähe.

REYNALDO Wir müssen zuerst einen Plan machen.

ESTELA Wir müssen weg. Heute noch.

REYNALDO Ich habe mir diesen Tag anders vorgestellt.

ESTELA Ich auch, mein Lieber, ich auch.

REYNALDO Wollen wir nicht noch eine Nacht hier schlafen?

ESTELA Ich bin sicher, ich mache kein Auge zu.

REYNALDO Ich werde dich sowieso nicht schlafen lassen.

ESTELA Versprich mir, dass wir morgen früh abreisen. Keine Ausreden mehr.

REYNALDO Ich verspreche es.

ESTELA Entschuldige, dass ich so insistiere.

REYNALDO Macht nichts. Ich liebe dich trotzdem.

ESTELA Ehrlich?

REYNALDO Ehrlich.

ERNESTO Und während Estela Lopez Volando und Reynaldo Zecca sich liebten und ihr Ehebett quietschte, als ob es jeden Augenblick zusammenbräche, und Federico in seinem kleinen Zimmer von einer Fee träumte, die ein Gesicht wie seine Großmutter und blutverschmierte Hände wie ein Metzger hatte, hielt ein kleiner, grauer Bus vor dem Haus, aus dem vier schwarze Schatten sprangen. Sie klingelten und da nicht schnell genug geöffnet wurde, traten sie die Tür ein. Vom Lärm aufgeschreckt, spähten die Nachbarn von gegenüber durch einen Spalt zwischen den geschlossenen Fensterläden und sahen, wie die Familie Zecca-Lopez Volando abgeführt wurde – um nie mehr zurück zu kehren.

4

1984

FEDERICO Guten Tag, Signor.
ERNESTO Guten Tag, junger Mann.
FEDERICO Darf ich Sie etwas fragen?
ERNESTO Ja, bitte.
FEDERICO Ich muss eine Schularbeit schreiben. Das Thema heißt »Die Großmütter der Plaza de Mayo«.
ERNESTO Hast du das Thema bekommen oder selbst gewählt?
FEDERICO Selbst gewählt.
ERNESTO Sehr gut.
FEDERICO Die erste Frage lautet: Warum sitzen Sie hier? Sie sind doch keine Großmutter.
ERNESTO Stimmt. Aber meine Frau war eine der ersten Mütter der Plaza de Mayo. Fünf Jahre lang ging sie hier jeden Donnerstagnachmittag mit einem weißen Kopftuch um den Obelisk herum. Als sie starb, versprach ich, ihren Platz einzunehmen. So bin ich der eiserne Großvater geworden.
FEDERICO Die zweite Frage: Wen suchen Sie?
ERNESTO Meine Tochter, meinen Enkel und meinen Schwiegersohn.
FEDERICO Wie heißen sie?
ERNESTO Meine Tochter heißt Estela Lopez Volando, mein Schwiegersohn Reynaldo Zecca und mein Enkel Federico.
FEDERICO Federico?
ERNESTO Ja. Federico Zecca.
FEDERICO Wie alt war er, als er verschwand?
ERNESTO Drei.
FEDERICO In welchem Jahr war das?
ERNESTO 1976.
FEDERICO Dann wäre er jetzt elf.
ERNESTO Ja. Wie alt bist du?
FEDERICO Auch elf.

ERNESTO Schau mal an. Vielleicht schreibt Federico auch eine Schularbeit.

FEDERICO Glauben Sie, er lebt noch?

ERNESTO Ich hoffe.

FEDERICO Die dritte Frage lautet: Wissen Sie, was mit ihnen geschehen ist?

ERNESTO Ich weiß einiges. Erstens, dass sie am 30. September 1976, genau am dritten Geburtstag meines Enkels, entführt wurden. Wann hast du Geburtstag?

FEDERICO Am 30. Oktober.

ERNESTO Kaum ein Unterschied.

FEDERICO Was noch?

ERNESTO Dass sie hierher gebracht wurden, und dass sie gefangen gehalten wurden in der ESMA.

FEDERICO Was ist das?

ERNESTO Die Technische Hochschule der Marine, damals ein geheimes Gefängnis, wo Menschen gefoltert und ermordet wurden.

FEDERICO Woher wissen Sie das?

ERNESTO Von jemandem, der dort war.

FEDERICO Konnte er fliehen?

ERNESTO Ja.

FEDERICO Und Ihre Tochter?

ERNESTO Nicht.

FEDERICO Was hat man mit ihr gemacht?

ERNESTO Wahrscheinlich ermordet. Und ihren Mann auch.

FEDERICO Und Ihr Enkel?

ERNESTO Vielleicht verkauft. Oder weggegeben. Wissen wir nicht.

FEDERICO Verkauft? Wem?

ERNESTO Einem Militär, der keine eigenen Kinder hat.

FEDERICO Das ist doch verboten.

ERNESTO Streng verboten. Aber das interessiert Generäle nicht.

FEDERICO Und jetzt?

ERNESTO Sitzen wir hier so lange, bis wir wissen, was mit unsern Kindern und Enkeln geschehen ist und die Schuldigen bestraft sind.

FEDERICO Ist das nicht gefährlich?

ERNESTO Wir haben keine Angst.

FEDERICO Ist das Kind auf dem Foto Ihr Enkel?

ERNESTO Ja, das ist Federico. Und wenn Gott will, schließe ich ihn noch in die Arme, bevor ich sterbe.

Federico bricht zusammen.

ERNESTO Was ist los, Junge? Was hast du?

FEDERICO Nichts, Signor. Ich glaube, ich muss etwas essen.

ERNESTO Du bist bleich.

FEDERICO Ich muss jetzt gehn, Signor. Vielen Dank.

ERNESTO Nichts zu danken. Wenn deine Arbeit fertig ist, möchte ich sie gerne lesen.

5

1977

FEDERICO Ein halbes Jahr lang gingen Angeles Lopez Volando, geborene Martinéz, und mit ihr tausend andere verzweifelte Mütter in Krankenhäuser, Gefängnisse, Haftanstalten, Polizeibüros und Leichenhäuser in ganz Argentinien. Aber überall starrten sie leere, ängstliche Augen an, oder sie wurden von arroganten, gleichgültigen Beamten abgewimmelt. Bis das Maß voll war.

Angeles bindet sich ein weißes Kopftuch um.

ERNESTO Steht dir nicht.

ANGELES Für heute Mittag. Wir tragen alle weiße Kopftücher. Die Windeln unserer Kinder.

ERNESTO Macht ihr es?

ANGELES Hab ich dir doch gesagt.
ERNESTO Du solltest es dir überlegen.
ANGELES Hab ich gemacht.
ERNESTO Und?
ANGELES Ich muss es tun.
ERNESTO Es ist gefährlich, Angeles.
ANGELES Weiß ich.
ERNESTO Bleib zu Hause. Ich flehe dich an.
ANGELES Jemand muss etwas tun.
ERNESTO Es ist dein Tod.
ANGELES Ich kann damit nicht leben.
ERNESTO Sie nehmen dich fest.
ANGELES Wir geben uns alle die Hand.
ERNESTO Vierzehn Frauen. Ein Klacks für sie.
ANGELES Sie werden sich wundern.
ERNESTO Angeles, du darfst dort nicht einmal stehen bleiben.
ANGELES Wir gehn um den Obelisk rum. So lange, bis der General rauskommt, und uns Rede und Antwort steht.
ERNESTO Ihr seid verrückt.
ANGELES Stimmt. Verrückt vor Kummer.
ERNESTO Ihr erreicht nichts damit.
ANGELES Wir müssen es versuchen.
ERNESTO Angeles, ich habe Angst. Unser Kind ist verschwunden. Unser Enkel ist verschwunden. Muss ich dich auch noch verlieren?
ANGELES Ich komme zurück, Ernesto. Ich weiß es.
ERNESTO Ich habe geträumt, dass sie noch lebt.
ANGELES Estela?
ERNESTO Wir wohnten noch in unserem alten Haus. Es war abends, Mariä Himmelfahrt, wir saßen im Garten unter dem großen Baumwollbaum. Wir hatten gegessen, die Dämmerung fiel allmählich ein. Die Pfauen stolzierten um uns herum und schlugen das Rad. Die Hunde spielten und kullerten übereinander. Du saßt, in das seidene Brautkleid deiner Mutter gehüllt, im Schaukelstuhl, einen schwarzen Spitzenschleier über dem Haar, und warst damit beschäf-

tigt, einen riesigen Stapel Laken und Bezüge mit zierlichen Buchstaben zu besticken. Da kam sie plötzlich in den Garten gelaufen, unsere Estela. Guten Tag, Mama, guten Tag, Papa, entschuldigt, dass ich etwas spät bin. Ich wurde aufgehalten.

ANGELES Estela ist tot.

ERNESTO Sag das nicht.

ANGELES Ich weiß es.

ERNESTO Sei still, du brichst mir das Herz.

ANGELES Aber Federico lebt. Und ich kämpfe um ihn, bis zum letzten Atemzug.

6

1976

FEDERICO Als er viele Jahre später endlich auf der Anklagebank saß, erklärte Offizier José Antonio Mihura, schweigend beobachtet von seiner bleichen, beinah durchsichtigen, einst wohlgenährten Frau Ines, dass es um die Frage ging, eliminieren oder eliminiert werden, und dass er in der Sache »illegale Adoption« getrieben wurde von der alles verzehrenden Liebe zu seiner Frau, die, zu ihrem großen Kummer, unfruchtbar sei.

INES Du bist spät.

JOSÉ ANTONIO Entschuldige.

INES Du wolltest zu Hause essen.

JOSÉ ANTONIO Zu viel zu tun.

INES Jetzt ist alles verkocht.

JOSÉ ANTONIO Nicht schlimm, ich habe keinen Hunger.

INES Was macht ihr eigentlich, an all den Abenden?

JOSÉ ANTONIO Verhaftungen, Vernehmungen. Und so weiter.

INES Seit deiner Beförderung hast du noch keinen Tag frei gehabt.

JOSÉ ANTONIO Sei nicht ungehalten.

INES Ich mache mir Sorgen.

JOSÉ ANTONIO Warum?

INES Wegen dir.

JOSÉ ANTONIO Kein Grund. Es wird auch wieder ruhiger.

INES Was ihr macht.

JOSÉ ANTONIO Was meinst du?

INES Die Nacht der Bleistifte. Hattest du damit zu tun?

JOSÉ ANTONIO Ines, ich bin Soldat. Wenn ich einen Befehl bekomme, muss ich ihn ausführen.

INES Es waren Kinder.

JOSÉ ANTONIO Sonst flieg ich raus.

INES Zwischen vierzehn und achtzehn.

JOSÉ ANTONIO Wer sagt das?

INES Die Leute.

JOSÉ ANTONIO Welche Leute?

INES Alle. Im Bus, beim Bäcker, auf dem Markt.

JOSÉ ANTONIO Ines, du bist die Frau eines Militärs. Hör nicht auf Klatsch.

INES Stimmt es nicht?

JOSÉ ANTONIO Darf ich dir nicht sagen.

INES Warum nicht?

JOSÉ ANTONIO Dienstgeheimnis.

INES Vor mir?

JOSÉ ANTONIO Vor dir ganz besonders.
Sei mir nicht böse. Komm, setz dich zu mir.
Pause. Ich habe eine Überraschung für dich.

INES Was?

JOSÉ ANTONIO Wenn du willst, bist du nächste Woche Mutter.

INES Wie bitte?

JOSÉ ANTONIO Keine Fragen. Sonst wird nichts draus.

INES Was meinst du?

JOSÉ ANTONIO Irgendein Zigeuner hat mir sein Kind angeboten.

INES Angeboten?

JOSÉ ANTONIO Zur Adoption.
INES Wirklich?
JOSÉ ANTONIO Kostet natürlich etwas, aber ich dachte, es könnte dich glücklich machen.
INES Wie alt?
JOSÉ ANTONIO Drei geworden.
INES Junge oder Mädchen?
JOSÉ ANTONIO Ein Junge.
INES Geht doch nicht. Darf man nicht.
JOSÉ ANTONIO Der General regelt das.
INES Warum gibt der Mann sein Kind weg?
JOSÉ ANTONIO Keine Fragen.
INES Was sagt seine Frau dazu?
JOSÉ ANTONIO Keine Fragen. Sonst wird nichts draus.
INES Willst du?
JOSÉ ANTONIO Was?
INES Das Kind adoptieren.
JOSÉ ANTONIO Von mir aus.
INES Du musst es auch wollen. Du wirst sein Vater.
JOSÉ ANTONIO Ich bin immer weg, ich mache es für dich. Willst du oder willst du nicht?
INES Darf ich darüber nachdenken?
JOSÉ ANTONIO Oder soll ich absagen?
INES Was geschieht mit dem Kind, wenn wir es nicht nehmen?
JOSÉ ANTONIO Kommt es zu jemand anderem. Es gibt genug Liebhaber.
INES Dann lass es kommen.
JOSÉ ANTONIO Na, also. Bist du jetzt glücklich?
INES Natürlich.
JOSÉ ANTONIO Darum geht es mir. Du sollst glücklich sein.

7

1984

ERNESTO Vier Wochen lang ging der Junge, der nicht redete, der in seinen Träumen Schmerz- und Todesschreie hörte, der Junge, der Schlachthäuser, voll gestopft mit aufgehängten Menschen, zeichnete, jeden Donnerstagvormittag zu Dr. Jorge Cradero, der ihm half, den Grausamkeiten der menschlichen Seele ins Auge zu sehen, und ihm bei der Suche nach seinem früheren Leben zur Seite stand.

FEDERICO Ich weiß, wie ich heiße.

CRADERO Geronimo.

FEDERICO Nein.

CRADERO Ricardo.

FEDERICO Nein.

CRADERO Juan. Victor. Carlos. Guido. Alejandro. Daniél. Emilio. Pedro. Luís. Ich gebe es auf.

FEDERICO Soll ich es sagen?

CRADERO Ja.

FEDERICO Federico.

CRADERO Federico.

FEDERICO Federico Zecca.

CRADERO Schöner Name.

FEDERICO Nicht Raúl Mihura, sondern Federico Zecca.

CRADERO Bist du sicher?

FEDERICO Ich habe mit dem eisernen Großvater gesprochen.

CRADERO Nein.

FEDERICO Doch.

CRADERO Bist du zu ihm gegangen?

FEDERICO Ich habe ihn interviewt.

CRADERO Interviewt?

FEDERICO Ich sagte, es sei für eine Schularbeit über die Mütter der Plaza de Mayo.

CRADERO Gute Idee.

FEDERICO Ich weiß alles. Wie mein Vater und meine Mutter

heißen, wann sie festgenommen wurden, in welchem Gefängnis sie waren.

CRADERO Nächstes Mal gehen wir ins Büro der Großmütter der Plaza de Mayo.

FEDERICO Können wir nicht gleich gehen?

CRADERO Nein.

FEDERICO Warum nicht?

CRADERO Ich erwarte noch Patienten.

FEDERICO Vielleicht ist es dann zu spät.

CRADERO Warum?

FEDERICO Mein Vater hat es gemerkt.

CRADERO Was?

FEDERICO Dass ich mit Ihnen rede.

CRADERO Wie ist das möglich? Er war nie dabei.

FEDERICO So etwas riecht er.

CRADERO Und jetzt?

FEDERICO Sehr wahrscheinlich darf ich nächstes Mal nicht mehr zu Ihnen kommen.

CRADERO Wir gehen sofort.
Wann kommt deine Mutter?

Es klingelt.

CRADERO Jetzt schon?

INES Mein Mann hat angerufen. Er will wissen, was Sie mit unserem Sohn machen.

CRADERO Bitte, kommen Sie herein.

INES Spricht er immer noch nicht?

CRADERO Ich versuche, anders an ihn heranzukommen.

INES Wie?

CRADERO Wir machen Spiele, Übungen.

INES Darf ich dabei sein?

CRADERO Wollen wir weiter machen mit unseren Assoziationsübungen, Raúl?

Federico nickt.

INES Gib eine Antwort.
CRADERO Lassen Sie ihn.
INES Das ist unhöflich.
CRADERO Ich habe das öfters erlebt.
Löwe. Turm. Strand. Regen. König. Krüppel.

Federico stellt jedes Wort dar.

INES Mein Mann findet das sicher nicht sinnvoll.
CRADERO Flugzeug. Graf. Parade. Zahnschmerzen. Meer.
INES »Was bringt das«, wird er sagen.
CRADERO Palast. Durst. General. Plaza de Mayo.
INES Politik!
CRADERO Ein Spiel, Frau Mihura.
INES Ein politisches Spiel.
CRADERO Darf ich Ihnen einen Vorschlag machen, Frau Mihura?
INES Einen Vorschlag?
CRADERO Raúl ist ein intelligenter Junge. Aber er hat ein ernsthaftes Problem.
INES Was Sie nicht sagen.
CRADERO Um es zu lösen, wäre es gut, wir könnten ihn für kurze Zeit aufnehmen.
INES In eine Anstalt?
CRADERO Ein, zwei Wochen höchstens.
INES Nein, das geht nicht. Auf keinen Fall.
CRADERO Es wäre für Ihren Sohn das Beste.
INES Mein Mann wird kein Verständnis dafür haben.
CRADERO Haben Sie schon mit ihm darüber gesprochen?
INES Er will die Behandlung abbrechen.
CRADERO Oh. Und warum?
INES Er hat kein Vertrauen.
CRADERO Schade. Ab wann?
INES Jetzt. Ich muss Raúl gleich mitnehmen.
CRADERO Wir sind aber noch nicht fertig.
INES Tut mir Leid. Mein Mann will es so. Komm, mein Junge.

8

1982

FEDERICO Ein Jahr vor dem Sturz der Generäle, nicht lange nachdem er den Platz seiner Frau auf der Plaza de Mayo übernommen hatte, hörte Ernesto Lopez Volando, wie eine der Mütter neben ihm den Namen einer unerschrockenen Frau nannte, die aus der Hölle, genannt ESMA, zurückgekommen war, und jetzt ihre grausamen Erinnerungen zu Papier brachte. Über das Büro der Großmütter gelang es ihm, mit ihr Kontakt aufzunehmen und eines Abends, tobender Wind peitschte den Regen durch alle Straßen, hastete er durch eine entlegene Gegend der Stadt, um sie zu treffen.

ERNESTO Guten Abend.

JUANA Kommen Sie schnell rein. Ist Ihnen jemand gefolgt?

ERNESTO Nein.

JUANA Sind Sie sicher?

ERNESTO Ich habe mich an jeder Ecke umgeschaut.

JUANA Ich möchte es nicht noch einmal erleben.

ERNESTO Versteh ich.

JUANA Es war schrecklich.

ERNESTO Ich bin Ihnen sehr dankbar, dass Sie mich empfangen.

JUANA Ich muss Sie warnen. Es ist eine furchtbare Geschichte.

ERNESTO Ich weiß.

JUANA Ihre Frau war eine der ersten Mütter der Plaza de Mayo, habe ich gehört.

ERNESTO Ja.

JUANA Als wir das im Gefängnis hörten, hat es uns Mut gemacht.

ERNESTO Lebte Estela damals noch?

JUANA Nein. Sie ist wahrscheinlich schon im ersten Monat ermordet worden. Wie die meisten.

ERNESTO Wie lange waren Sie im Gefängnis?
JUANA Acht Monate.
ERNESTO Warum hat man Sie nicht ermordet?
JUANA Keine Ahnung. Vielleicht, weil ich nicht schön bin. Die schönsten Frauen waren zuerst tot.
ERNESTO Bestien.
JUANA Schlimmer.
ERNESTO Ich hörte, dass Sie auf demselben Gang eingesperrt waren wie Estela.
JUANA Direkt ihr gegenüber. Ich habe sie hereinkommen sehen.
ERNESTO Alle drei?
JUANA Nur Estela und ihren kleinen Sohn.
ERNESTO Federico.
JUANA Ja. Mein Magen krampfte zusammen. Ich wusste, was ihnen bevorstand.
ERNESTO Was?
JUANA Sie hatten eine Standardmethode für Mütter mit kleinen Kindern. Abgeguckt in Bolivien.
ERNESTO Was bedeutet das?
JUANA Während die Mutter verhört wird, wird das Kind an den Füßen aufgehängt und geschlagen.
ERNESTO Nein.
JUANA Um die Mutter geständig zu machen.
ERNESTO Haben sie das auch mit Federico gemacht?
JUANA Ich nehme an.
ERNESTO Aber Sie sind sich nicht sicher.
JUANA Ich habe es nicht gesehen.
ERNESTO Gehört?
JUANA Ich habe alles gehört. Aber Schmerzensschreie tönen alle gleich.
ERNESTO Was hat man noch gemacht?
JUANA Wollen Sie es wirklich wissen?
ERNESTO Ich muss es wissen.
JUANA Alles haben sie mit ihr gemacht, alles. Nägel ausreißen, Zigaretten ausdrücken, aufhängen, unter Wasser hal-

ten, vergewaltigen, Elektroden, Stacheldraht, Eimer voll Kacke.

ERNESTO Mein Gott!

JUANA Wenn sie zurückkam, tröstete ich sie. Oder sie mich.

ERNESTO Und dann?

JUANA Kam sie eines Tages nach einem Verhör nicht mehr zurück. Federico hatten sie schon früher abgeholt.

ERNESTO Abgeholt?

JUANA Wenn sie ein Kind bei einer Mutter abholten, dauerte es nicht lange, bis die Mutter verschwand.

ERNESTO Wer holte Federico ab?

JUANA Ein großer, massiger Mann. Wir nannten ihn Nase. Den richtigen Namen weiß ich nicht.

ERNESTO Ich muss mich kurz setzen.

JUANA Geht es?

ERNESTO Ja, ja.

JUANA Aber sie schaufeln sich ihr eigenes Grab.

ERNESTO Was meinen Sie damit?

JUANA Grausamkeit ist ein Ungeheuer, das sich früher oder später in den eigenen Schwanz beißt.

ERNESTO Hoffentlich. Hoffentlich.

9

1985

FEDERICO Während des Prozesses wurden Offizier José Antonio Mihura in seiner Zelle Papier und Bleistift zur Verfügung gestellt, etwas, das er seinen Opfern während des Militärregimes nie zugestanden hätte, weil er den Wunsch geäußert hatte, das Bekenntnis lieber zu Papier zu bringen als mündlich abzulegen.

JOSÉ ANTONIO Ich will nichts beschönigen. Ich habe sowohl Estela Lopez Volando und ihren Mann ermordet, als auch dutzend andere, und bin weder zu mies noch zu feige, die volle Verantwortung auf mich zu nehmen. Ich habe auch keine Angst vor dem Tod, er hat für mich nichts Geheimnisvolles. Der Tod ist ein überschätztes Phänomen. Für die meisten ist er ein allmächtiges Gespenst, das sich langsam oder schneller von weit her anschleicht. Aber der Tod ist nichts. Eine Leere. Weniger als ein Augenblick.

Anstelle von »Mord« möchte ich auch lieber von »Eliminierung« oder »Ausschaltung« sprechen. Ich habe Estela Lopez Volando und alle andern im Auftrag meiner Vorgesetzten eliminiert, ausgeschaltet. Verstehen Sie mich richtig, ich will mich nicht rechtfertigen. Was ich getan habe, ist nicht gut. Ich will nur, dass Sie wissen, wie ich die Dinge sehe, und dass ich nicht der gefühllose Gewalttäter bin, den man in den Zeitungen aus mir macht.

Jedes Leben beginnt mit einer Mutter. Obwohl in meinem Fall das Wort »Säugerin« zutreffender wäre. Eine Mutter sorgt. Meine Mutter säugte. Das ist der ganze Unterschied. Sie lehrte mich früh, dass alles, was andere bekommen, zum Beispiel meine Geschwister, abgezogen wird von meiner Ration. An zwei Zitzen können nicht drei Mäuler saugen. Ich wusste also schon früh, was der Begriff »natürliche Selektion« bedeutet, und ich betrachtete das nie als etwas Schlimmes oder Verwerfliches. Im Gegenteil. Lebt nicht die Natur von und durch dieses Prinzip? Ist nicht das Vorrecht des Stärkeren das Leitprinzip der ganzen Evolution? Warum soll es plötzlich bei der Strukturierung der menschlichen Gesellschaft nicht mehr angewendet werden dürfen?

Bei dieser Frage guckt mein zweiter Erzieher um die Ecke. Das ist nicht mein schwachbrüstiger Vater, sondern die katholische Kirche. Bei den Patres in der Schule habe ich gelernt, was auf diesem Kontinent Moral bedeutet: ein Gebrauchsgegenstand für Meistbietende. So wie Priester mit zölibatär schwitzenden Händen geilen Nonnen unter die

Röcke griffen, so tafelten Bischöfe und Kardinäle sabbernd und rülpsend mit Marschällen und Großgrundbesitzern. Die Moral als heuchlerische Flagge, als Deckmantel der Privilegierten. Ich spuckte drauf.

Deshalb habe ich damals, als der General mich höchst persönlich anrief mit der ehrenwerten Bitte, die Verteidigung des Landes gegen subversive Elemente zu übernehmen, keinen Augenblick gezögert. Ich wusste, worum es ging, ich wusste, was ich zu tun hatte und in diesem Bewusstsein entschied ich mich für diese Aufgabe. Dass ich dafür irgendeinmal einen Preis zu zahlen hätte, wusste ich. Die Frage war nur, wann mir die Rechnung präsentiert werden würde.

10

1984

Federico ist an den Füßen aufgehängt.

JOSÉ ANTONIO Sag, warum du nicht mehr redest.
INES José! Bind ihn los!
JOSÉ ANTONIO Misch dich nicht ein.
INES Du tust ihm weh.
JOSÉ ANTONIO Weiß ich.
INES Das geht nicht.
JOSÉ ANTONIO Ines, halt dich raus.
INES Das kannst du nicht machen.
JOSÉ ANTONIO Wenn du redest, binde ich dich los. Sonst nicht.
INES Dann mach ich es.
JOSÉ ANTONIO Was?
INES Ich dulde nicht, dass mein Kind misshandelt wird.
JOSÉ ANTONIO Was, dein Kind? Dieser Bastard?
INES José!

JOSÉ ANTONIO Ich hätte ihn gleich mit seiner Mutter beseitigen sollen.

INES Was sagst du da?

JOSÉ ANTONIO Ich hätte ihn gleich mit seiner Mutter beseitigen sollen.

INES Hast du seine Mutter ermordet?

JOSÉ ANTONIO Tu nicht so scheinheilig.

INES Also doch.

JOSÉ ANTONIO Weißt du schon lang.

INES Mörder.

JOSÉ ANTONIO Wusstest du von Anfang an. Und trotzdem wolltest du ihn haben.

INES Ich zeige dich an.

JOSÉ ANTONIO Tu das.

INES Er ist ganz rot.

JOSÉ ANTONIO Weg mit dir.

INES Du bringst ihn um.

JOSÉ ANTONIO Er bleibt hängen, bis er redet.

INES Ich rede für ihn.

JOSÉ ANTONIO Was soll das?

INES Ich weiß, was passiert ist.

JOSÉ ANTONIO Sag es sofort.

INES Er hat seinen Großvater gesehen.

JOSÉ ANTONIO Wo?

INES Im Fernsehen.

JOSÉ ANTONIO Wann?

INES Vor drei Monaten. Er erkannte sich auf einem Foto.

JOSÉ ANTONIO Unsinn.

INES Nein, José, es ist so. Er hat es gesehen. »Mama«, sagte er, »warum trägt der Mann ein Foto von mir um den Hals?«

JOSÉ ANTONIO Und was hast du gesagt?

INES Dass der Mann hinter seinem Blut her sei.

JOSÉ ANTONIO Also weiß er es.

INES Ja.

JOSÉ ANTONIO Warum bist du dann zum Arzt gegangen?

INES Ich konnte nicht darüber reden. Ich bin beinah erstickt.

JOSÉ ANTONIO Das hast du jetzt davon.
INES Was?
JOSÉ ANTONIO Er hat geredet.
INES Mit wem?
JOSÉ ANTONIO Mit dem Arzt.
INES Meinst du?
JOSÉ ANTONIO Natürlich. Es ist vorbei. Wir sind dran.

11

1984

FEDERICO Am Morgen jenes Tages, an dem er unerwartet mit seinem Enkel Federico wieder zusammengebracht wurde, saß Ernesto Lopez Volando, wie jeden Donnerstagmorgen, vor einem der Barockspiegel im Laden des Guillermo Diaz, Friseur in Buenos Aires, und ließ sich die immer weißer werdenden Haare waschen.
ERNESTO Hast du es schon gehört, Guillermo?
GUILLERMO Was, Signor?
ERNESTO Sie sind festgenommen worden.
GUILLERMO Wer?
ERNESTO Die Generäle.
GUILLERMO Nein.
ERNESTO Ich dachte nicht, dass sie sich das trauen.
GUILLERMO Und jetzt?
ERNESTO Werden sie vor Gericht gestellt.
GUILLERMO Wie ist das möglich?
ERNESTO Von mir aus können sie zum Tode verurteilt werden. Was findest du?
GUILLERMO Muss der Richter entscheiden.
ERNESTO Was die auf dem Gewissen haben. Ich verstehe nicht, wie Menschen so etwas tun können. Du?
GUILLERMO Nein.

ERNESTO Nicht nur die Killer, auch die Denunzianten. Vor allem die Denunzianten. Das müssen alles Leute gewesen sein wie du und ich. Ist doch nicht zu fassen.

GUILLERMO Schrecklich.

ERNESTO Warum sollst du deinen Nachbarn verraten? Warum sollst du deine Kunden verraten? Kannst du dir so etwas vorstellen?

GUILLERMO Ich nicht.

ERNESTO Sie haben wohl Geld bekommen. Glaubst du nicht?

GUILLERMO Ist anzunehmen.

ERNESTO In solchen Zeiten ist man doch ganz besonders aufeinander angewiesen.

GUILLERMO Da haben Sie Recht.

ERNESTO Soll ich dir etwas sagen, Guillermo?

GUILLERMO Was denn?

ERNESTO Du warst mir in all den Jahren eine Stütze.

GUILLERMO Ich, Signor Lopez Volando?

ERNESTO Ja, du.

GUILLERMO Wie meinen Sie das?

ERNESTO Als Estela, Reynaldo und Federico verschwunden waren, war es, als ob wir die Pest hätten. Niemand traute sich, mit uns zu reden. Alle machten einen Bogen um uns. Wir hatten keinen Besuch mehr. Und als Angeles mit den Müttern anfing, wurde es noch schlimmer. Wir konnten nirgendwo hingehen, wir trafen uns mit niemandem mehr. Der wöchentliche Besuch bei dir hat mich auf den Beinen gehalten.

GUILLERMO Wusste ich nicht.

ERNESTO Wie erging es dir, Guillermo?

GUILLERMO Was meinen Sie?

ERNESTO Hattest du nicht Angst?

GUILLERMO Wovor?

ERNESTO Dass sie deinen Laden stürmen. Weil subversive Elemente wie ich hier verkehrten.

GUILLERMO Machte ich mir keine Gedanken.

ERNESTO Tatsächlich?

GUILLERMO Nein.
ERNESTO Mutig.
GUILLERMO Ich will nur meine Kunden zufrieden stellen.
ERNESTO Für mich bist du ein Held, Guillermo.
GUILLERMO Nicht übertreiben, Signor.
ERNESTO Leute wie du verdienen eine Auszeichnung.
GUILLERMO So. Fertig.
ERNESTO Bei der nächsten Gelegenheit werde ich dich vorschlagen.
GUILLERMO Wofür?
ERNESTO Für eine Auszeichnung.
GUILLERMO Bitte, tun Sie mir einen Gefallen, Signor Lopez Volando, machen Sie das nicht.
ERNESTO Warum nicht?
GUILLERMO Zuviel Ehre.
ERNESTO Du verdienst sie.
GUILLERMO Bitte.
ERNESTO Es ist mein Ernst.
GUILLERMO Wenn Sie es machen, sind Sie nicht mehr mein Kunde.
ERNESTO Ist das so schlimm?
GUILLERMO Nichts für mich. Ist es recht so?
ERNESTO Ausgezeichnet. Herzlichen Dank. Für alles.
GUILLERMO Ich sehe Sie nächste Woche wieder.
ERNESTO Einen schönen Tag, Guillermo.

12

1984

FEDERICO An einem sonnigen Novembertag, nach dem Mittagessen in seinem Stammlokal, geführt von seiner vollbusigen Nichte Evangelina Vargas Valente, die außer der heilenden Kraft der Hände auch den kulinarischen Erfindungsgeist ihrer Mutter geerbt hatte, machte Ernesto Lopez

Volando wie immer einen Spaziergang durch den Park an der Heiligen Dreifaltigkeitskirche. In der Nähe des englischen Teepavillons wurde er von einer bleichen, hageren Dame, die aussah, als hätte sie seit Tagen nicht mehr geschlafen, angesprochen.

INES Guten Tag, Signor. Sie kennen mich nicht, aber ich möchte Sie gerne sprechen. Haben Sie kurz Zeit?

ERNESTO Wer sind Sie?

INES Das werde ich Ihnen gleich sagen.

ERNESTO Sie machen mich neugierig. Ein Rendezvous mit einer Dame. Hab ich nicht mehr oft.

INES Wollen wir uns setzen?

ERNESTO Warum nicht.

INES Mein Name ist Ines Mihura.

ERNESTO Mihura…, Mihura…

INES Die Frau von José Antonio Mihura.

ERNESTO Dem Killer?

INES Ja.

ERNESTO Dann haben wir uns nichts zu sagen.

INES Warten Sie, Signor Lopez Volando.

ERNESTO Woher wissen Sie, wie ich heiße?

INES Das weiß jeder. Sie sind doch der eiserne Großvater.

ERNESTO Und Sie lagen im Bett mit unserm ärgsten Feind.

INES Gehen Sie nicht weg.

ERNESTO Ich wüsste nicht, was mich davon abhalten könnte.

INES Ich habe eine Nachricht für Sie.

ERNESTO Was für eine Nachricht?

INES Über Ihren Enkel.

ERNESTO Federico?

INES Heißt er Federico?

ERNESTO Ja.

INES Ich weiß, wo er ist.

ERNESTO Wo?

INES Er ist adoptiert.

ERNESTO Gott sei Dank. Er lebt.

INES Er ist ein strahlender, gesunder Junge.

ERNESTO Haben Sie ihn gesehen?
INES Ja.
ERNESTO Wann?
INES Soeben.
ERNESTO Kennen Sie den Namen der Adoptiveltern? Wissen Sie, wo er wohnt?
INES Ja.
ERNESTO Wo? Sagen Sie es.
INES Bei mir.
ERNESTO Was? Was sagen Sie da?
INES Ich bin seine Mutter. Seine Pflegemutter.
ERNESTO Sie?
INES Ja.
ERNESTO Und Ihr Mann... José Antonio Mihura, sein Pflegevater?
INES Ja.

Ernesto weint.

INES Es tut mir Leid, es tut mir Leid. Ich wusste es nicht, ich wollte es nicht wissen. Ich wollte unbedingt ein Kind. Mein Leben lang habe ich mich nach einem Kind gesehnt, ich war besessen davon. Überall sah ich Frauen mit berstenden Bäuchen und platzenden Brüsten, virile Väter, die hinter ihren wieselflinken Kindern her liefen. Aber ich bekam keine, ich hatte als junges Mädchen eine perfide Krankheit, die mich unfruchtbar machte. Und dann, dann kam José mit Raúl..., mit Federico. Ich wusste, dass es nicht in Ordnung war, aber ich wollte es nicht wissen. Ich habe gut für ihn gesorgt, glauben Sie mir, ich habe ihn gehegt, gepflegt, gehätschelt, liebkost. Ihm gehörte meine ganze Liebe und mehr, meine Seele, meine ewige Ruhe. Ich wusste, dass es nicht in Ordnung ist, dass wir kein Recht auf ihn haben, dass wir ihn eines Tages seinen Verwandten zurückgeben müssen. Ich habe einen unverzeihlichen Fehler gemacht und bitte Sie um Verzeihung. Ich weiß, dass es nicht möglich ist, aber ich tue es trotzdem, muss es tun. Können Sie mir verzeihen?

ERNESTO Nein.
INES Ich bitte Sie.
ERNESTO Nein, ich kann nicht. Wo ist er jetzt?
INES Dort. Im Auto.
ERNESTO Wenn Sie lügen, bring ich Sie um.
INES Ich lüge nicht.
ERNESTO Sie haben unser Leben zerstört.
INES Ich weiß es.
ERNESTO Mit dieser Gewissheit müssen Sie leben.
INES Ja.
ERNESTO Ich hasse Sie. Ich hasse Sie. Hören Sie mich? Ich hasse Sie.
INES Sie haben Recht.
ERNESTO Wenn es eine Hölle gibt, hoffe ich, Sie kommen dorthin.
INES Soll ich ihn zu Ihnen schicken?
ERNESTO Ja. Warten Sie. Das Letzte war nicht so gemeint.
INES Ich habe verstanden.
ERNESTO Meine Frau wäre nicht einverstanden.
INES Ich wünsche Ihnen alles Gute.
ERNESTO Sie hätte gewollt, dass ich Ihnen vergebe. Aber das kann ich nicht. Ich kann es nicht.
INES Hier sind die Fotos von ihm.
ERNESTO Schicken Sie ihn zu mir. Ich bleibe hier sitzen.

Ines ab.

FEDERICO *tritt auf* Guten Tag, Großvater.
ERNESTO Junge, bist du es. Bist du es.
FEDERICO Hier, meine Schularbeit.

Odyssee – Zweiter Teil

11
Auf dem Olymp

Athene, Zeus, Hermes, Poseidon, Antiphates

ATHENE

So ist dann doch nach zehn Jahren Irrfahrt über das grüne,
Immer wogende Meer die Stunde der Heimkehr gekommen.
Endlich erblickt der mutige, göttergleiche Odysseus
Ithaka, Land seines Vaters, Insel des Korns und der Trauben,
Reich der Kühe und Ziegen, der Regenschauer und Stürme,
Endlich darf er den Boden der Nachkommen wieder betreten.
Wenn die Göttin des frühen Lichts, die muntere Eos,
Rosenfingrig den stillen, wachsbleichen Himmel betastet,
Werden die Männer am Ruder der stolzen, seefesten Schiffe,
Die der Phäakenkönig zum Abschied Odysseus geschenkt hat,
Ihn mit sicherem Schlag in den Hafen des Phorkys geleiten,
Bucht des alten Meergotts. Geschenke entladen sie eilig:
Kostbare Kleider, Schalen aus Gold und Silber gehämmert,
Büsten aus Bronze, ein mächtiger Dreifuß mit kupfernem Kessel,
Alles tragen sie in die dämmrigen Grotten der Nymphen,
Heiliger Ort der Najaden, sicher vor Gaunern und Dieben.
Dann wird der Held von Troja, in tiefem Schlaf noch versunken,
Weggetragen vom hinteren Deck und, gebettet auf Decken,
Niedergelegt am unfruchtbaren, blassgelben Sandstrand,
Den er damals, vor mehr als zwanzig Jahren gepflügt hat,
Listig die Pflicht umgehend, die Frau und den Sohn zu verlassen.
Jetzt ist er wieder zurück, der berühmte Städtezerstörer,
Endlich kann er die Erde der Heimat demütig küssen.
Vater, Zeus des Olymp, du Gott der Donner und Blitze,
Wolkentürmer, Erzeuger und unser aller Gebieter,
Wie kann ich je mich bei dir für alles gebührend bedanken?

ZEUS

Gib mir einen Kuss, du hoffnungslose Tochter.
Das ist genug.

HERMES *tritt auf*

Vater, dein Bruder ist zurück.

ZEUS

Jetzt schon?

ATHENE

O nein.

HERMES

Er will dich sofort besuchen.

ZEUS

Das kann ich ihm nicht verwehren.

ATHENE

Sag ihm, Vater sei fortgegangen.

HERMES

Wohin?

ATHENE

Egal. Sag einfach was.

ZEUS

Unsinn, Athene. Das kannst du vor Poseidon nicht verbergen.

ATHENE

Wetten, er macht Schwierigkeiten?!

ZEUS

Immer mit der Ruhe. Sei du etwas freundlicher, den Rest mach ich schon.

POSEIDON *tritt auf*

Mächtiger Bruder, während ich fern mich entspannte bei Opfern
Edler Widder und Stiere, geschlachtet vor meinen Augen,
Mich amüsierte mit tanzenden Frauen, an Wettkämpfen teilnahm,
Und üppig Essen verschlang, hast du in einsamer Weisheit,
Ohne auf mich zu hören, beschlossen, dass er entkomme,
Er, der meinem Sohn, dem Kyklopen, sein Auge entrissen.
Mehr noch als das, unterwegs ist er schon ins Land seines Vaters.
Sprich und erklär dich, bester Bruder, ich habe ein Recht drauf.
Ich bin genauso wie du, ein Sohn des grollenden Kronos,
Der mit der Sichel der Großmutter Gaia den Vater entmannte.
Gaia ließ im Schoße der Erde Eisen entstehen,
Glimmernd Metall für siegreiche Kämpfer und mächtige Herrscher.

ZEUS

Beruhige dich, Bruder. Nicht so stürmisch. Hör zu, hier gibt es nur einen Chef, und der bin ich. Wenn ich sage, Odysseus darf nach Hause, dann geschieht das. Verstanden! Dann muss keiner sich einmischen, auch du nicht.

POSEIDON

Und das Auge meines Sohnes? Spielt das keine Rolle?

ZEUS

Mich führst du nicht hinters Licht.

POSEIDON

Was? Wieso?

ZEUS

Dein widerwärtiger Polyphem hat sechs Männer des Odysseus lebendig aufgefressen.

POSEIDON

Weil sie sich über seine Sachen hermachten.

ZEUS

Welche Sachen?

POSEIDON

Käse und Milch.

ZEUS

Käse und Milch. Weil sie etwas Käse gegessen und Milch getrunken haben, muss man sie gleich verschlingen. Ist das nicht etwas übertrieben? Und wie hält es dein Sohn mit der Gastfreundschaft? Geschätzter Bruder, mir scheint, in deiner Familie verschieben sich die Normen. Ich rate dir, dich darum zu kümmern.

POSEIDON

Du meinst, ich muss mir alles gefallen lassen?

ZEUS

Oh nein. Du bist ein Gott. Du musst dafür sorgen, dass die Menschen Respekt vor dir haben.

POSEIDON

So ist es. Und deshalb will ich den Leuten, die Odysseus nach Hause gebracht haben, einen Denkzettel verpassen. Sie sollen nicht meinen, das Meer gehöre ihnen.

ZEUS

Was hast du vor?

POSEIDON

Unweit des Hafens soll ihr Schiff, gut sichtbar für jeden,
Liegen bleiben. Es soll sich verwandeln in ewige Steine,
In einen finster drohenden Felsblock, in Form eines Schiffes.
So erfahren die stolzen, unbedachten Phäaken,
Dass Poseidon, der Gott der Meere, Spott nicht erduldet
Und ein Opfer verlangt von mindestens zwölf jungen Stieren,
Oder er lässt ihre strahlenden Städte für ewig verschwinden
Hinter Mauern von unfruchtbaren, düsteren Bergen.

ZEUS

Jetzt erkenne ich dich wieder, streitlustig und voll Phantasie. Willkommen zu Hause, Bruder. Und vergiss nicht, was ich dir sagte. *Ab.*

POSEIDON

Hermes.

HERMES

Ja, Onkel.

POSEIDON

Was ist bei Telepylos passiert?

HERMES

Nichts Besonderes.

POSEIDON

Bevor ich zu den Äthiopiern ging, habe ich meine Freunde, die gefürchteten Lästrygonen, gebeten, Odysseus, wenn er in der Nähe ihrer Festung auftaucht, rücksichtslos zu fassen. Haben sie das nicht getan?

HERMES

Doch. Aber Odysseus ist schlau, lieber Onkel.
Er entwischte.

POSEIDON

Schon wieder?

HERMES

Als Odysseus mit seinen Freunden die Insel verlassen,
Wo der Herrscher der heulenden Winde, Aiolos, wohnte,

Segelten er und die übrig gebliebenen Freunde schnell weiter
Über aschfahle Wasser, bis eine Festung in Sicht kam,
Land der Lästrygonen, menschenfressender Riesen.
In geschütztem Hafen, umgeben von senkrechten Felsen,
Wurden die Schiffe vertäut, außer jenem des klugen Odysseus.
Der ließ sein Schiff an der Mündung, fern vom sicheren Hafen.
Als eine riesige Frau, so groß wie ein Berg, sie entdeckte,
Schrie sie lüstern auf, erhob ihre gellende Stimme.
Schnell erschien der König der Lästrygonen, ihr Gatte,
Brüllend packte er einen der Männer und biss ihm den Kopf ab:

ANTIPHATES

Fangt sie, die Würmer, im Namen Poseidons, des Gottes der Wasser.
Er ist es, dem wir Hilfe versprochen, fangt sie, ja, fangt sie.
Lasst sie hier auf der fruchtbaren Insel ihr Schicksal erleben.
Freuen soll sich Poseidon über die Treue der Freunde.
Fangt sie und fresst sie alle, wenn sie nicht allzu sehr stinken.

HERMES

Hals über Kopf, in Panik flüchten der große Odysseus
Und seine Freunde auf ihre Schiffe und schlagen die Ruder.
Aber die Riesen schleudern mächtige Steine hinunter,
Hoch von den Spitzen der Felsen, große, gigantische Brocken,
Quader, so massig und schwer, dass sie Schiffe auf Anhieb versenken.
Jeder der Schiffe, eins nach dem andern zerbricht und geht unter.
Aus dem Wasser ziehen die Riesen die wimmernden Männer,
Fischgleich gespießt an spitze Lanzen und tragen sie heimwärts.
Dort wird ein festliches Mahl bereitet für sabbernde Kinder.
Nur Odysseus und seine Ruderer können entkommen,
Lag doch ihr Schiff nicht im Hafen, sondern fern, an der Mündung,
Sicher vor den Geschossen steinewerfender Riesen.

POSEIDON

Ich hätte es wissen können, sie sind groß, aber immer noch Menschen. Kein Verlass drauf.

HERMES

So war es, lieber Onkel.

POSEIDON

Aber ich lass nicht mit mir spielen, mein Junge. Dein herrschsüchtiger Vater kann sagen, was er will, Odysseus wird mich noch kennen lernen.

HERMES

Was hast du vor?

POSEIDON

Das wirst du schon sehen.

12
Auf Ithaka

Penelope, Eurykleia, Antinoos

PENELOPE

Eurykleia! Wach auf.
Ich weiß es.
Die Adler
mit ihren weiten Schwingen,
im Kreis
über unserem Hause schwebend,
erst friedlich nebeneinander,
später verbissen kämpfend,
das sind Antinoos und Telemachos.
Und der Aar aus den Bergen
mit dem krummen Schnabel,
der sich auf unsere Gänse stürzt,
ihnen das Genick bricht,
eine blutige Spur hinterlässt,
das ist Antinoos,
der meinen Sohn ermordet.

Ach, Eurykleia!
Mein Sohn wird umgebracht,
weil seine Mutter ihren Nacken nicht beugt.

Weil Antinoos ihren Betrug entdecken wird,
von einer falschen Sklavin erfährt,
dass, was sie am Tage webt,
nachts von ihrer alten Sklavin wieder aufgetrennt wird.

Ich muss mich ergeben, Eurykleia,
in den Willen meines Sohnes,
es geht nicht anders –
wenn ich nicht
wahnsinnig werden will vor Kummer
über den Tod meines Sohnes,
einziger Beweis,
dass der unvergleichliche Odysseus,
mein verschwundener Gatte,
einst in meinen Armen lag.
Wenn ich nicht will,
dass mein Leben in Jammer und Klage endet,
muss ich mich dem Schicksal fügen,
muss Antinoos heiraten.

Und wenn es geschehen muss,
wenn selbst die List des Hermes
mich nicht schützen kann
vor einem beklagenswerten Schicksal,
vor einem Ehebett ohne Wärme,
vor einem Lebensabend ohne Erinnerungen,
dann soll es schnell geschehen.

Trenn nicht mehr auf, Eurykleia.
Es ist vorbei,
alles ist vorbei.
Ich will das traurige Hochzeitskleid schnell zu Ende bringen,
es um mich wickeln wie ein Totenhemd
und ohne Hoffnung,
ohne Illusionen
mich auf den Weg machen in ein neues Leben.

Doch du, Eurykleia,
sollst mich nicht begleiten.
Dein Anblick würde mich jeden Tag
an mein früheres Leben erinnern.
Du würdest mich
mit deinem Schweigen
jeden Tag weinen machen.
Das geht nicht,
das darf ich nicht,
eine Königin muss stark sein.

Deshalb, meine allerbeste Eurykleia,
schenke ich dir die Freiheit.
Meine Freiheit.
Deine Freiheit von früher,
von viel, viel früher,
von vor dem Tag, als du zu uns kamst,
von damals, als du noch ein Kind warst,
das nach Kampf und Blutbad
als Kriegsbeute verschleppt wurde,
in ein fremdes Land,
in eine fremde Stadt,
um dort
bei fremden Menschen
ein neues Leben anzufangen.

Ich danke dir, Eurykleia,
ich danke dir für alles.
Für die Milch deiner Brüste,
mit der du meinen Sohn genährt hast,
für deine warmen Hände,
mit denen du meine eisigen Füße gerieben hast,
für die Stille,
die du um mich gelegt hast wie eine wohltuende Decke.

Es möge dir gut ergehen, Eurykleia.
Ich sorge dafür, dass dir nichts fehlen wird.
Geh jetzt.
Weine nicht.
Sei stark.
Ich weiß, was ich tue.

ANTINOOS *tritt auf*

Hohe Frau,
ich bete Sie an,
das weiß jeder.
Schon drei Jahre
sind Sie Sonne und Mond meines Daseins.
Tag und Nacht
geistert Ihr bezauberndes Gesicht
durch meinen Kopf.
Keine Sekunde,
dass ich nicht an Sie denke.
Sie können mir glauben,
dass ich Sie liebe,
sehr liebe,
bis zum Wahnsinn und
dass ich unaussprechlich glücklich war,
als Sie mich wissen ließen,
dass Sie sich doch entschlossen haben,
mich zu heiraten.
Und trotzdem, hohe Frau,
Liebe macht nicht immer blind und taub.
Ich sehe und höre noch gleich gut.

PENELOPE

Ich weiß, was Sie meinen, Antinoos.

ANTINOOS

Das bezweifle ich, hohe Frau.
Wenn Sie es wüssten,
hätten Sie nicht getan, was Sie taten.

PENELOPE

Es tut mir Leid, Antinoos.

ANTINOOS

Hohe Frau,
Sie spielen ein gefährliches Spiel.
Wenn Sie meinen,
die reinste Liebe
mit List und Betrug belohnen zu müssen,
könnte meine grenzenlose Zuneigung zu Ihnen
umschlagen
in grenzenlosen Hass.

PENELOPE

Noch einmal, Antinoos,
es tut mir Leid.
Es tut mir Leid.

ANTINOOS

Ich bin nicht alleine, hohe Frau.
Meine Freunde,
mehr als hundert an der Zahl,
nehmen Anteil an meinem Glück.
Aber wehe,
wenn die Ehre ihres Freundes
angetastet wird,
wenn die ganze Stadt,
das ganze Land sich lustig machen sollte
über die Liebe
eines Bürgerlichen
zu seiner Königin,
oder noch schlimmer,
wenn Versprechen nicht gehalten werden sollten,
wenn geflüstert würde,
dass die Königin
ihren Zukünftigen hinhält
und nachts wieder auftrennt,
was sie am Tag gewoben hat...

PENELOPE

Das mag mal vorgekommen sein,
aber ich versichere Ihnen...

ANTINOOS

…dann, hohe Frau,
ist der Tag der Vergeltung nicht fern.
Dann werden meine Freunde
Ihren Palast erstürmen.
Kein Stein wird auf dem andern liegen bleiben.
Mit blutunterlaufenen Augen
werden sie Ihren ganzen Hofstaat
abschlachten wie kranke Hühner.
Bis in die Keller
werden sie jede lebende Seele verfolgen,
auch Sie, hohe Frau
und Ihren Sohn.
Keiner wird Gnade erfahren.
Von Ihrem Palast,
von Ihrem Geschlecht
wird nichts
als ein rauchender Trümmerhaufen übrig bleiben.
Das verspreche ich Ihnen, hohe Frau.

PENELOPE

Sie übertreiben, Antinoos.
Ich habe Ihnen mein Wort gegeben
und ich werde es halten.
Ich gebe zu,
dass ich in den letzten Wochen
von Zweifeln hin und her gerissen war
und falsch handelte.
Dafür entschuldige ich mich
bei Ihnen aufrichtig.

ANTINOOS

Das will ich hoffen, hohe Frau,
dass Sie es aufrichtig meinen.
Sonst garantiere ich für nichts.

PENELOPE

Seien Sie mir nicht böse, Antinoos.
Ich werde mein Hochzeitskleid schnell,

in wenigen Tagen
fertig weben.
Dann können wir heiraten.

ANTINOOS
Ich bin wieder der glücklichste Mann der Welt,
hohe Frau.
Verzeihen Sie mir meinen Jähzorn.

PENELOPE
Schon gut, Antinoos.

ANTINOOS
Darf ich Sie,
um den neuen Bund zu besiegeln,
küssen, hohe Frau?

PENELOPE
Lassen Sie uns damit
noch warten, Antinoos.

ANTINOOS
Warum, hohe Frau?

PENELOPE
Dazu haben wir nach der Hochzeit
noch genügend Zeit.

ANTINOOS
Ja, hohe Frau.
Wie Sie wollen.

13
Am Strand von Ithaka

Athene, Odysseus

ODYSSEUS
Welches Meer ist so gnadenlos, mich hierher zu verschlagen?
Welcher Gott entschied, meiner Heimkehr von neuem zu wehren?
Wäre dies hier Ithaka, würd ich es sicher erkennen.

Bin ich von neuem auf einer fremden Insel gelandet?
Muss ich schon wieder kämpfen um alles, waffenlos, einsam?
Müde bin ich, Pallas Athene, ich bitte dich innig:
Lass mich hier sterben, durchbohr meine Brust mit der rettenden Lanze.
Rufe herbei die Wasser der ewig seufzenden Meere,
Mich in den düsteren Hades zu tragen, für immer und ewig.

ATHENE

Ist das der große Held, vor dem ganz Troja einst bebte?
Ist das die Sprache des Mannes, der götterähnlich verehrt wird?
Soll deines langen Lebens Geschichte die Zeit überdauern,
Sollen Sänger und Dichter deine Taten besingen,
Klopf dann den Sand von den Kleidern, steh auf und reiß dich zusammen,
Kämpf um dein Leben, Odysseus, Mann mit den klarblauen Augen.

ODYSSEUS

Wer bist du?

ATHENE

Ich bin die Frau, die Göttin, die vom hohen Olymp aus
Dich und die Deinen bewacht – die dir bei Troja geholfen,
Bei den Lästrygonen, Kyklopen, in tobenden Stürmen.
Ich bin die Tochter des Mannes, der Wolken sammelt und auftürmt,
Blitze schleudert, aber Poseidon nie übergehn darf.

ODYSSEUS

Bist du Pallas Athene?

ATHENE

Ich bin es. Und jetzt lasse ich die Nebel verschwinden, die die Landschaft verhüllen, dann erkennst du die Hügel, die Felder und Berge deiner Heimat wieder.

ODYSSEUS

Unvergleichlich herrliche Frau, der Göttinnen Größte,
Aus dem Haupt des mächtigen Weltenherrschers geboren,
Hilf mir, vergib mir. Was bedeutet ein Eheversprechen?
Hat meine Frau, des Wartens müd, einen andern genommen?
Sind mein Thron und mein Bett besudelt durch geile Begierde?
Lauf ich Gefahr, bei der Heimkehr, der späten, ermordet zu werden
Von den Verwandten, gleich Agamemnon, Sohn jenes Atreus?
Muss ich von neuem streitend, durch blutige Meere mich kämpfen?

ATHENE

Wenn alles gut geht, nicht, mein starker Odysseus. Aber man muss stets mit dem Schlimmsten rechnen. Ich werde dich in einen hässlichen, alten Mann verwandeln, mit runzliger Haut und in Lumpen gewickelt. Es wird dich keiner erkennen, und du kannst prüfen, wer dir treu geblieben ist und wer nicht. Komm mit. In der Grotte der Nymphen sieht uns keiner.

14
Beim Schweinehirten

Telemachos, Eumaios

TELEMACHOS

Danke, Eumaios.

Du kannst dir nicht vorstellen, wie viel mir deine Geschichten bedeuten.

EUMAIOS

Doch, Herr. Ich sehe es an Ihren Augen.

TELEMACHOS

Was siehst du?

EUMAIOS

Sie leuchten. Immer, wenn ich von Ihrem Vater erzähle, leuchten Ihre Augen. Oder füllen sich mit Tränen. Das war früher schon so.

TELEMACHOS

Sonderbar, ich habe ihn nie gesehen, und doch fehlt er mir. Wie kommt das?

EUMAIOS

Blut bleibt Blut, kennt nicht Zeit, nicht Ort. Ein Vater bleibt ein Vater, wo er auch sei.

TELEMACHOS

Wenn er zurückkommt, werden sich zwei Fremde gegenüberstehen. Was soll ich zu ihm sagen?

EUMAIOS

Machen Sie sich keine Gedanken. Ihr Herz wird es Ihnen sagen.

TELEMACHOS

Und inzwischen? Was soll ich inzwischen tun? Ich habe meine Mutter gedrängt, Antinoos zu heiraten. Jetzt will sie es nicht mehr aufschieben. Aber ich darf ihr nichts von seiner Heimkehr sagen.
Hätten die Götter das nicht besser regeln können?
Meine Mutter hat Eurykleia weggeschickt. Ihre liebste Sklavin, meine Amme. Und Antinoos läuft rum, als wäre er schon König. Muss ich das alles zulassen?

EUMAIOS

Darf ich Ihnen einen Rat geben, Herr?

TELEMACHOS

Deshalb bin ich gekommen, Eumaios. Du bist der treuste Diener meines Vaters. Dir vertraue ich.

EUMAIOS

Warum gehen Sie nicht zum Seher?

TELEMACHOS

Was kann der mir sagen?

EUMAIOS

Welches Schicksal die Götter für Sie und Ihren unübertrefflichen Vater bereit haben.

TELEMACHOS

Das weiß ich schon.

EUMAIOS

Was meinen Sie damit, Herr?

TELEMACHOS

Einige Nächte ists her, da zeigte der tückische Hermes,
Gott, der die Toten ins dunkle Reich des Hades begleitet,
Mit seinem goldenen Stab, der Schlaf beschert und auch wegnimmt,
Deutlich auf mich. In dem Traum, den Athene mir kurz darauf schickte,
Fuhr ich mit schnellem Schiff, behände und ohne Gefahren,
Auf des Okeanos' dunkelfarbigen, endlosen Fluten,
Bis an den steinigen Strand, wo Persephones Schattenreich anfängt.

Mächtige Flüsse vereinen sich dort zu trägem Gewässer.
Kniend grub ich ein Loch in der Nähe riesiger Felsen,
Eine Elle in Länge und Breite, Opfer zu spenden.
Dunkel tropfte das Blut der nüchtern geschlachteten Schafe.
Aus dem Erebos, Sitz des Hades, erschienen die Schatten,
Schädel, Gestalten von Menschen, die lange schon tot und begraben.
Alle drängten sich gierig, den Saft, den warmen, zu trinken:
So können Tote mit Lebenden sprechen, doch hab ich's verweigert.
Bis Agamemnon erschien aus den dichten Nebeln des Hades,
Anführer aller Griechen im siegreichen Kampf gegen Troja:
Einst ein stahlharter Mann, der die eigene Tochter geopfert,
Iphigenie, seiner Frau Klytämnestra zuwider.
Günstige Winde wollt er erflehn von den mächtigen Göttern,
Dass sie die Flotte, tausend Schiffe, nach Troja geleiten.
Jetzt war er nur noch ein Schatten, ein bloßer Schädel mit Löchern,
Ohne Haut, ohne Fleisch. Er trank vom Blut und dann sprach er:

AGAMEMNON

Sohn des Odysseus, Telemachos, Junge, du warst noch ein Säugling,
Als wir nach Troja fuhren. Ein Mann bist du jetzt, ich bin nichts mehr,
Bloß eine fahle, streunende Seel in den Gängen des Hades.
Warne den Vater, mein Junge, sollte er je wieder kommen,
Warn ihn vor deiner Mutter. Frauen sind wandelnde Lügen,
Hinter lächelnden Lippen verstecken sie spitzige Zähne.
Bei meiner Heimkehr wurd ich und beinah all meine Männer
Abgeschlachtet wie Schweine, noch vor dem freudigen Festmahl,
Tat meiner untreuen Gattin und ihres schnöden Geliebten.
Sorge, dass dieses schmachvolle Los deinem Vater erspart bleibt.
Schandtaten dürfen auf Ithaka keine Siege erringen.

TELEMACHOS

So sprach der König, einst der mächtigste Mann dieser Erde,
Sagte es mir, dem Zwanzigjährigen ohne Erfahrung.

EUMAIOS

Herr, der Tag ist gekommen, die Jugendzeit hinter sich zu lassen. Sie sind ein Mann. Ein Mann, der kämpfen kann, sich nicht fürchten muss vor Gefahren, nicht weglaufen muss, ein Mann, der sich verlassen kann auf seine eigene Kraft.

TELEMACHOS

Was willst du damit sagen, Eumaios?

EUMAIOS

Fordern Sie Antinoos auf, den Bogen Ihres Vaters zu spannen, den federnden Bogen, der nur Ihrem Vater gehorchte. Wenn es Antinoos gelingt, ist es der Wille der Götter, dass er König wird und Ihre Mutter heiratet. Gelingt es ihm nicht, findet die Heirat nicht statt.

TELEMACHOS

Aber mit welcher Begründung? Ich darf nicht sagen, dass mein Vater jeden Augenblick nach Hause kommen kann.

EUMAIOS

Sagen Sie, Pallas Athene sei Ihnen im Traum erschienen. Sie habe Ihnen den Auftrag gegeben.

TELEMACHOS

Wenn es Antinoos nicht gelingt, bringen mich seine Freunde um.

EUMAIOS

Seien Sie mutig, Herr. Nehmen Sie sich ein Beispiel am Sohn des Agamemnon, an Orestes. Er hat seine Mutter und den hinterlistigen Aigisthos, den blutschänderischen Mörder seines Vaters, mit eigener Hand umgebracht. Und unendlich viel Ruhm damit geerntet.

TELEMACHOS

Du hast Recht, es ist Zeit zu kämpfen.

EUMAIOS

Überlassen Sie alles andere den Göttern.

TELEMACHOS

Bei den Göttern läuft es nicht anders als bei uns, Eumaios: genauso viel Klatsch und Tratsch, genauso viel Eifersucht und Missverständnis. Ich weiß nicht, ob ich mich auf sie verlassen soll.

EUMAIOS

Sssst, Herr! Nicht, dass sie es hören.

15
Auf Ithaka

Poseidon/Antinoos, Eurymachos

POSEIDON

Ich, Poseidon, Erderschütterer, Gott aller Wasser,
Kronos' Sohn und Bruder des Zeus, zum Gespött macht mich keiner.
Auch für ihn gilt's, der wähnt, der Größte zu sein, von uns allen.
Wer in der Früh auf dem Thron sitzt, kann am Abend schon tot sein.
War es nicht Zeus, der den eigenen Vater, Kronos, verbannte,
Jenen, der seine Kinder, bis auf eines, gefressen,
Voller Angst, sie könnten ihn später gewaltsam bedrohen.
Ich hab geschworen, Odysseus' Heimkehr zunichte zu machen,
Rächend den Sohn, den geliebten und dessen trauriges Schicksal.
Was Athene kann, kann ich auch: ich will mich verwandeln
In die Gestalt des Antinoos, eine Falle ihm stellen,
Und das gemeine, morsche Geschlecht des Laertes vernichten.

Eurymachos tritt auf.

POSEIDON/ANTINOOS

Eurymachos! Alter Freund, bist du wieder da. Wie lange warst du weg?

EURYMACHOS

Beinahe einen Monat.

POSEIDON/ANTINOOS

Und? Gute Geschäfte gemacht?

EURYMACHOS

Ich weiß nicht. Es ist mühsam.

POSEIDON/ANTINOOS

Komm, setz dich.

EURYMACHOS

Sei mir nicht böse, Antinoos, ich habe es eilig.

POSEIDON/ANTINOOS

Was soll das? Bist du mein Freund oder nicht?

EURYMACHOS
Klar bin ich dein Freund.
POSEIDON/ANTINOOS
Na also.
EURYMACHOS
Aber ich hab jetzt keine Zeit.
POSEIDON/ANTINOOS
Keine Zeit, keine Zeit. Welch ein Unsinn.
EURYMACHOS
Ehrlich, Antinoos, ich muss weiter.
POSEIDON/ANTINOOS
Für Freunde hat man immer Zeit.
EURYMACHOS
Ein andermal. Entschuldige.
POSEIDON/ANTINOOS
Bist du mir böse?
EURYMACHOS
Böse?
POSEIDON/ANTINOOS
Du hast ja leider verloren.
EURYMACHOS
Was verloren?
POSEIDON/ANTINOOS
Hast du es noch nicht gehört?
EURYMACHOS
Was?
POSEIDON/ANTINOOS
Sie hat »ja« gesagt.
EURYMACHOS
Wer?
POSEIDON/ANTINOOS
Die Königin.
EURYMACHOS
Hat sie »ja« gesagt?
POSEIDON/ANTINOOS
Ja.

EURYMACHOS
Wem?
POSEIDON/ANTINOOS
Mir.
EURYMACHOS
Nein!
POSEIDON/ANTINOOS
Doch.
EURYMACHOS
Du lügst.
POSEIDON/ANTINOOS
Nein. Ich habe es auch nicht erwartet. Du siehst zehnmal besser aus als ich. Das weiß ich doch.
EURYMACHOS
Aber du hast Geld.
POSEIDON/ANTINOOS
Stimmt. Und dafür schäme ich mich nicht.
EURYMACHOS
Ich gratuliere.
POSEIDON/ANTINOOS
Danke. Was willst du trinken?
EURYMACHOS
Einen Wein.
POSEIDON/ANTINOOS
Prost.
EURYMACHOS
Dann auf euer Glück. Wann soll es sein?
POSEIDON/ANTINOOS
In ein paar Tagen.
EURYMACHOS
Schon?
POSEIDON/ANTINOOS
Man muss das Eisen schmieden, solange es heiß ist.
EURYMACHOS
Ja, sagt man.

POSEIDON/ANTINOOS
Ich möchte dich etwas fragen, Eurymachos.
EURYMACHOS
Bitte.
POSEIDON/ANTINOOS
Ich muss noch etwas in Ordnung bringen.
EURYMACHOS
Was?
POSEIDON/ANTINOOS
Drei Jahre habe ich um sie geworben. Jetzt darf keiner mehr mein Glück zerstören.
EURYMACHOS
Weiter.
POSEIDON/ANTINOOS
Auch nicht ihr Sohn.
EURYMACHOS
Nein, Antinoos, da mach ich nicht mit.
POSEIDON/ANTINOOS
Ich bin ein reicher Mann, Eurymachos. Und ich werde König.
EURYMACHOS
Nein, nein. Auf keinen Fall.
POSEIDON/ANTINOOS
Und du bist einer meiner besten Freunde.
EURYMACHOS
Hör auf, Antinoos. Ich mach es nicht.
POSEIDON/ANTINOOS
Jemand, dem ich vertrauen kann, jemand, der den Mund halten kann. Solche Leute sind selten.
EURYMACHOS
Das geht mir zu weit.
POSEIDON/ANTINOOS
Werd nicht prinzipiell, Eurymachos. Du bist ein Geschäftsmann wie ich. Wir verstehn uns.
EURYMACHOS
Warum machst du es nicht selber?

POSEIDON/ANTINOOS

Das wäre unklug. Wenn seine Leiche gefunden wird, werde ich als erster verdächtigt. Deshalb muss ich ein einwandfreies Alibi haben.

EURYMACHOS

Ich lege doch keinen Unschuldigen um.

POSEIDON/ANTINOOS

Der Junge ist eine Gefahr, Eurymachos. Eine Gefahr für den Thron, für mich, für dich. Der Junge muss verschwinden.

EURYMACHOS

Und die Königin?

POSEIDON/ANTINOOS

Sie wird es verschmerzen.

EURYMACHOS

Du bist brutal, Antinoos.

POSEIDON/ANTINOOS

Wenn du reich werden willst, Eurymachos, darfst du nicht zimperlich sein. Ich sage dir eins, entweder du rackerst dich dein Leben lang ab, oder du bist mit einem Schlag oben. Und wenn du Geld hast, hast du auch Frauen. Schau mich an. Also, was willst du?

EURYMACHOS

Du weißt bestimmt schon, wie es laufen soll.

POSEIDON/ANTINOOS

Ja. Planung und Übersicht, darauf kommt es an. Nichts dem Zufall überlassen.

EURYMACHOS

Also gut. Erzähl.

POSEIDON/ANTINOOS

Jeden Morgen bei Sonnenaufgang geht er an den Fluss zum Schwimmen.

Wenn er seine Waffen abgelegt und sich ausgezogen hat, erstichst du ihn. Den Leichnam schmeißt du ins Wasser. Die Kleider verbrennst du. Die Waffen nimmst du mit nach Hause und lässt sie einschmelzen.

Mit etwas Glück verschwindet er so spurlos wie sein Vater.

EURYMACHOS
Sonst noch etwas?
POSEIDON/ANTINOOS
Ja.
Es geht das Gerücht, Odysseus sei wieder auf Ithaka.
Wenn das stimmt, mach, dass du ihn findest.
EURYMACHOS
Und dann?
POSEIDON/ANTINOOS
Greifst du noch einmal zum Messer.
EURYMACHOS
Odysseus?
POSEIDON/ANTINOOS
Oder Bogen, oder Beil, was du willst.
EURYMACHOS
Götter steht mir bei.
POSEIDON/ANTINOOS
Hast du Angst?
EURYMACHOS
Er ist ein Held.
POSEIDON/ANTINOOS
Odysseus ist ein alter Mann.
Ein heruntergekommener Bettler, sonst nichts.

16
Beim Schweinehirten

Eumaios, Mesaulios, Odysseus, Kirke, zweiter Odysseus

Hundegebell

EUMAIOS
Mesaulios!
Mesaulios!

MESAULIOS

Ja, ja, ich komm schon.

EUMAIOS

Wo warst du?

MESAULIOS

Hinten.

EUMAIOS

Hast du mich nicht gehört?

MESAULIOS

Nein.

EUMAIOS

Hast du wieder geschlafen?

MESAULIOS

Ich geschlafen?

EUMAIOS

Du machst nichts anderes. Geh und schau, warum die Hunde bellen.

MESAULIOS

Ein alter Bettler steht an der Umzäunung. Soll ich ihn wegjagen?

EUMAIOS

Und den Zorn der Götter auf uns laden? Reicht es nicht, dass sie dem unvergleichlichen Odysseus, unserem König, Besitzer unserer Schweine, die Heimkehr versagen? Bettler kommen von Zeus, Mesaulios. Wir müssen sie gastfreundlich empfangen. Geh, lass ihn herein.

ODYSSEUS

Danke. Vieles hab ich auf dieser Welt schon gesehen,
Doch einen Bettler zu laden, so ganz ohne Grund, das ist selten.
Ihr aber habt es getan, auf den Knien bedank ich mich innig,
Hoffe, der gütige Zeus beschirme Euch bis an das Ende,
Und belohne Euch mit dem Segen steter Gesundheit.

EUMAIOS

Ja, schon gut. Setzen Sie sich, Mesaulios bereitet Ihnen das Essen.

MESAULIOS
Ich?

EUMAIOS
Ja, du.

MESAULIOS
Was soll ich für den Schnorrer kochen?

EUMAIOS
Was du für mich und dich auch kochst. Oder willst du ihm Schweinefutter vorsetzen? Hast du keine Manieren, keinen Respekt vor dem Willen der Götter? Los, an die Arbeit, faules Miststück.

MESAULIOS
Ich geh ja schon.

EUMAIOS
Bring erst noch eine warme Decke. Unser Gast schlottert vor Kälte.

MESAULIOS
Mach ich auch noch.

ODYSSEUS
Ich danke Euch.

EUMAIOS
Ich möchte nicht unhöflich sein, bester Mann, aber Sie kommen mir bekannt vor.

ODYSSEUS
Erinnere ich Euch an jemanden?

EUMAIOS
Ja, vor allem Ihre Augen.

ODYSSEUS
An wen?

EUMAIOS
Lassen wir das. Er ist schon lange tot.

ODYSSEUS
Ein Verwandter?

EUMAIOS
Nein. Mein früherer Herr, der unbesiegbare Odysseus.

ODYSSEUS

Kenne ich nicht.

EUMAIOS

Hier auf der Insel der felsigen Hügel wurd er geboren.
Hier nahm er Abschied von Frau und Kind, um in Troja zu siegen.
Doch seine Heimkehr ward ihm versagt, es zerschellten die Schiffe.
Nie ward die Leiche gefunden, nie gebührend begraben.
Ruhelos irrt jetzt sein Schatten durch kalte, traurige Welten.

ODYSSEUS

Moment mal. Sagtet Ihr, der Mann kämpfte bei Troja?

EUMAIOS

Ja.

ODYSSEUS

Wurde er berühmt durch eine List?

EUMAIOS

So ist es.

ODYSSEUS

Den Mann traf ich.

EUMAIOS

Wo?

ODYSSEUS

Früher trieb ich Handel mit kostbaren, duftenden Kräutern,
Einige Schiffe besaß ich, die fuhren weit über Meere,
Voll beladen mit Früchten, Leinen, glänzender Seide.
Auf einer fernen Reise landete ich auf Aiaia,
Insel der Kirke, falsche Göttin mit kindhafter Stimme,
Tochter des Helios und der unvergleichlichen Perse.
In einen düsteren Wald geriet ich, mit laubdichten Bäumen,
Dunkler Rauch stieg auf bis hoch in den stahlblauen Himmel,
Ausgespuckt vom Haus der ringsum gefürchteten Göttin.
Neugierig und von quälendem Durst und Hunger getrieben,
Lief ich dorthin und sah zufrieden wedelnde Löwen
Und zahme Wölfe, die den Palast der Kirke bewachten.
Später vernahm ich, Seeleute seien sie früher gewesen,
Aber der Wein der Kirke hat sie in Tiere verwandelt.
Noch hatt ich nicht geklopft an die schwere, eiserne Pforte,

Da ging sie auf und gekleidet in hauchdünn glänzende Seide,
Stand die geheimnisvollste Frau aller Zeiten schon vor mir.
Lächelnd sah sie mich Sterblichen an, mit strahlenden Augen,
Winkte mich nah zu sich hin und flüsterte mir in die Ohren:

KIRKE

Komm doch herein, mein bester Mann, du bist müd und hast Hunger.
Hier steht ein Sessel bereit zum Ausruhn, mit seidenen Kissen.
Setz dich, ich will dich verwöhnen mit herrlichem Wein von der Pramne,
Berg der edelsten Säfte, Göttern und Menschen ein Labsal.
Käse und Honig misch ich hinein, erwärme ihn sachte,
Binde ihn dann mit Gerstenmehl, streue noch Kräuter darüber,
Dass er dir besser munde, dann kannst du schlürfend ihn kosten.
Trinke, er wird dir bekommen, trink doch, warte nicht länger.

ODYSSEUS

Durstig ergriff ich die Schale, spitzte gierig die Lippen,
Als ein stämmiger Mann hervortrat aus einer Nische.
Schnell entriss er den zitternden Händen die duftende Schale,
Schlug sie mit Wucht entzwei und sprach zu der schmollenden Kirke:

ZWEITER ODYSSEUS

Königin, nein, jetzt reicht es für alle Zeiten und ewig.
Sagt, warum verwandelt Ihr stets wieder Menschen in Tiere,
Schweine und heulende Wölfe, Bären und brüllende Löwen?
Gastfreundschaft, höchstes Gebot, dürfen Götter es jemals missachten?

ODYSSEUS

Dann versuchte die schlaue Kirke den Mann zu berühren
Mit einer schlanken Rute, doch jener griff nach dem Schwerte,
Drohte, sie zu erschlagen, wenn sie nicht Einhalt gebiete.
Weich wie Butter wurde die Königin, schmeichelte girrend:

KIRKE

Liebster Odysseus, Mann meiner Träume, ach, sei mir gnädig.
Dir gab Hermes ein Kraut, das stärker ist als meine Launen.
Nur einen kleinen Spaß wollt ich machen, ein harmloses Spielchen.
Sind all die strammen, tüchtigen Männer nicht wundersam albern?
Für etwas Essen und Trinken verkaufen sie gern ihre Seelen.
Dir zuliebe will ich es lassen, sei nicht mehr böse.

Komm, für ein Stündchen, komm mit nach oben in meine Gemächer,
Dort warten weißgewaschene Laken und flaumweiche Kissen.

ODYSSEUS

So erfuhr ich, dass Odysseus bei Kirke zu Gast war
Und darauf wartete, seine Segel wieder zu spannen.
Strengen Blickes schaut er sie an, der erzürnte Odysseus:

ZWEITER ODYSSEUS

Königin, nein, jetzt reicht es für alle Zeiten und ewig.
Wie viele Wochen schon harr ich hier meiner tapferen Männer,
Durch Eure Kräuter im Wein in grunzende Schweine verwandelt.
Kommen sie heute nicht frei, so wird mein Schwert es erzwingen.
Diese Waffe ließ in Troja so manchen erbeben.
Vorsicht, ungern erheb ich mein Schwert gegen Euch, schöne Fürstin.

KIRKE

Höre, Odysseus, mein Freund, sie sind alle befreit und entzaubert.
Selber hab ich sie eingerieben mit einer Salbe,
Wundersalbe, die Schweineborsten für immer beseitigt,
Stumpfer Haut neuen Glanz gibt. Schöner sind sie geworden.

ZWEITER ODYSSEUS

Danke, Fürstin, für Eure Güte danke ich herzlich.
Bitte, gewährt uns doch eine schnelle, sichere Heimkehr.

ODYSSEUS

So sprach damals der Meister. Und Kirke gab Antwort und sagte:

KIRKE

Geh, mein Odysseus, geh nach Hause zum Sohn und zur Gattin.
Lange schon warten sie deiner, leidvoll, treu und geduldig.
Ich werd dir Wind in die Segel blasen und sorgen für Frieden.
Zwischen dem ersten und letzten Viertel des kommenden Mondlichts
Wirst du endlich zu Hause sein, ausruhn im eigenen Bette.
Ithaka wartet auf dich, auch Eumaios, Betreuer der Schweine.
Zeig ihm das Bein mit der alten Narbe, er wird dich erkennen.

ODYSSEUS

So sprach Kirke, die seufzende Göttin, zum edlen Odysseus.
Euch erzähl ichs, Eumaios, treuer Freund Eures Königs.

EUMAIOS

Herr. Sie sind es.

ODYSSEUS
Ja, Eumaios.
EUMAIOS
Sie sind wieder zurück?
ODYSSEUS
Du siehst es.
EUMAIOS
Sie sehen anders aus.
ODYSSEUS
Pallas Athene hat mich verwandelt.
EUMAIOS
Ich kann es nicht glauben.
ODYSSEUS
Hier, mein Bein. Erkennst du die Narbe?
EUMAIOS
Oh ja. Sie sind es.
ODYSSEUS
Weißt du noch, wie es geschah?
EUMAIOS
Ein Eber wars, Herr. Sie waren auf der Jagd mit Autolykos' Söhnen.
ODYSSEUS
Ja.
EUMAIOS
Ach, warum haben die Götter Sie nicht einen Monat früher geschickt?
ODYSSEUS
Warum, Eumaios?
EUMAIOS
Ich vermag es nicht auszusprechen, Herr.
ODYSSEUS
Ist mein Vater gestorben? Oder meine Mutter vor Kummer wahnsinnig geworden? Ist meiner Frau etwas zugestoßen? Meinem Sohn? Sag etwas, Eumaios.

EUMAIOS

Ihre Frau, Herr. Zwanzig Jahre hat sie gewartet. Jetzt heiratet sie.

ODYSSEUS

Wen?

EUMAIOS

Antinoos.

ODYSSEUS

Kenne ich nicht.

EUMAIOS

Ein reicher Mann.

ODYSSEUS

Warum tut sie das?

EUMAIOS

Das Volk murrt. Und Sie hatten ihr gesagt, sie müsse wieder heiraten, wenn ihrem Sohn der Bart wächst.

ODYSSEUS

Dann komme ich zur richtigen Zeit.

EUMAIOS

Man wird Sie umbringen.

ODYSSEUS

Einen rechtmäßigen König?

EUMAIOS

War das Agamemnon nicht auch?

ODYSSEUS

Was rätst du mir, Eumaios?

EUMAIOS

Ihr Sohn hat Antinoos aufgefordert, den Bogen seines Vaters zu spannen. Sie müssen dabei sein, aber niemand darf Sie erkennen. Auch Ihre Frau und Ihr Sohn nicht. Wenn die Götter mitmachen, locken wir Antinoos und seine Freunde in eine Falle.

ODYSSEUS

Wann findet es statt?

EUMAIOS

Morgen Abend, Herr.

ODYSSEUS
Dann muss ich gleich hin.

EUMAIOS
Zuerst müssen Sie etwas essen. Mesaulios, ist das Essen noch nicht fertig?

MESAULIOS
Nein, ich kann nicht hexen. Es soll doch schmecken, oder?

ODYSSEUS
Welchen Weg nehme ich am besten?

EUMAIOS
Am Fluss entlang. Dort geht selten jemand.

ODYSSEUS
Danke, Eumaios, bis später.

MESAULIOS
Nichts zu danken. Es war mir ein Vergnügen.
Wenn das Essen fertig ist, schmeiß ich es weg. Stinktier.

17
Auf dem Olymp

Athene, Hermes

ATHENE
Hermes! Was macht Eurymachos dort?

HERMES
Wo?

ATHENE
Dort. Am Fluss.

HERMES
Schwimmen, nehme ich an.

ATHENE
Er schwimmt nie.

HERMES
Oder fischen.

ATHENE

So früh am Morgen? Noch bevor Helios am Himmel erscheint?

HERMES

Was glaubst du denn?

ATHENE

Dass er etwas im Schild führt.

HERMES

Wie kommst du darauf?

ATHENE

Warum steht er genau dort, wo Telemachos jeden Morgen seine Waffen ablegt und sich auszieht und ins Wasser geht?

HERMES

Athene, hör auf. Hinter allem suchst du etwas.

ATHENE

Hermes, glaub mir, Menschen sind gemeiner als Ratten,
Für einen Happen Essen dreht einer dem andern den Hals um.
Nehmen wir an, der schlaue Antinoos wird neuer König:
Was soll dann mit dem Sohn des edlen Odysseus geschehen?
Meinst du, widerstandslos lässt der zur Seite sich drängen?
Aufwachen wird er irgendwann und sieht dann den Schlappschwanz
Auf dem Thron seines Vaters. Rächen wird er sich alsdann.
Anschleichen wird er sich und seinen Dolch mit der eisernen Klinge
Einrammen in Antinoos' Bauch und elende Därme.
Das muss der neu erwählte Mann seiner Mutter befürchten.
Deshalb schickte er listig Eurymachos heute zum Fluss hin.

HERMES

Und jetzt?

ATHENE

Jetzt lässt du dir etwas einfallen, wie du Telemachos retten kannst.

HERMES

Entschuldige, Athene. Mir fällt heute nichts ein.

ATHENE

Was soll das?

HERMES
Mein Hirn ist leer.

ATHENE
Spricht so der Gott aller Listen?

HERMES
Ich fühl mich nicht gut.

ATHENE
Hast du Angst vor Poseidon?

HERMES
Auch.

ATHENE
Memme. Und so was nennt sich Argos-Töter.

HERMES
Poseidon ist mächtig.

ATHENE
Nicht mächtiger als unser Vater Zeus.

HERMES
Aber stärker als wir.

ATHENE
Gut. Ich regle es allein.

HERMES
Wenn ich dir einen Rat geben darf, Athene: misch dich nicht ein. Das ist eine Angelegenheit der höheren Götter.

ATHENE
Was heißt hier höhere Götter? Ich bin dem Haupt des Zeus entsprungen. Ich bin nicht weniger als Poseidon.

HERMES
Bleib doch ruhig.

ATHENE
Glaub nicht, ich lasse das Geschlecht des Laertes einfach ausrotten.

HERMES
Was willst du machen?

ATHENE

Das wirst du schon sehen, Gott aller Listen, Feigling. Geh zur Seite. Da kommt schon Telemachos. Ich muss mich beeilen.

18
Am Fluss

Eurymachos, Telemachos, Odysseus

TELEMACHOS

Eurymachos! Was machst du hier?

EURYMACHOS

Phoibos Apollon, strahlender Spanner des goldenen Bogens,
Er geleitete meinen Fuß hierher an das Wasser.
Keinen Schlaf fand ich. König Echetos, Menschenverstümmler,
Er verbreitete Schreckensherrschaft in meinen Träumen
Wie in Epirus. Entmannen wollte er mich auf der Stelle,
Abschneiden mein Geschlecht mit dem glühenden Messer des Schlächters,
Um es knurrenden, sabbernden Hunden zum Fraß vorzuwerfen.
Plattgequetscht soll die Nase mir werden, mit einem Hammer,
Sagte der König. Zum Schluss würden noch die Zähne gezogen,
Ohren abgeschnitten die Finger und Zehen gebrochen.
Schweißgebadet erwacht ich, von Todesängsten gepeinigt.
Ruhe suchend stand ich dann auf, kam hierher ans Wasser.

TELEMACHOS

Der Traum verspricht nicht viel Gutes, Eurymachos.

EURYMACHOS

Nein.

TELEMACHOS

Vielleicht solltest du den Göttern ein Opfer bringen.

EURYMACHOS

Mach ich. Und warum bist du hier?

TELEMACHOS

Ich komme jeden Morgen hierher zum Schwimmen.

EURYMACHOS
Geh nur. Ich will dich nicht aufhalten.

TELEMACHOS
Ich habe Zeit.

EURYMACHOS
Soll ich mich weiter oben hinsetzen?

TELEMACHOS
Nicht nötig.

EURYMACHOS
Hörst du? Eine Nachtigall.

TELEMACHOS
Eurymachos, willst du mir eine Gunst erweisen?

EURYMACHOS
Worum geht es?

TELEMACHOS
Du bist ein guter Freund von Antinoos. Du weißt, was bevorsteht.

EURYMACHOS
Ja, ja.

TELEMACHOS
Wenn du Antinoos von diesem Plan abbringst, werde ich dich fürstlich belohnen.

EURYMACHOS
Was bedeutet »fürstlich«?

TELEMACHOS
Drei Schiffe, die noch nie gefahren wurden. Und genügend Sklaven als Ruderer.

EURYMACHOS
Das ist wirklich fürstlich.

TELEMACHOS
Kann ich mich darauf verlassen?

EURYMACHOS
Ich tue mein Bestes.

TELEMACHOS
Danke. *Legt die Waffen ab, zieht sich aus, geht ins Wasser.*

Eurymachos lässt die Kleider des Telemachos in einer Tasche verschwinden, zückt sein Messer, wartet.
Odysseus sieht Eurymachos, schleicht sich an, bringt ihn um, setzt sich neben die Leiche.
Telemachos kommt aus dem Wasser, sieht den toten Eurymachos, sieht Odysseus.

ODYSSEUS
Ich weiß, was du denkst.
Aber was du siehst,
trügt.
TELEMACHOS
Ich sehe einen Toten.
Und ich sehe einen Mörder.
ODYSSEUS
Was du siehst,
ist ein toter Mörder.
TELEMACHOS
Ich sehe einen schäbigen Bettler,
das Messer noch in der Hand.
ODYSSEUS
Sein Messer.
Damit wollte er dich töten.
TELEMACHOS
Was willst du, Hund?
ODYSSEUS
Ich habe dich gerettet.
TELEMACHOS
Kleider?
Essen?
Waffen?
Gold?
ODYSSEUS
Mit Hilfe der Pallas Athene
habe ich dich gerettet.

TELEMACHOS
Du traust dich,
den Namen der strahlenden Göttin in den Mund zu nehmen?
ODYSSEUS
Sie führte mich hierher.
Rechtzeitig, damit ich noch sehen konnte,
wie Eurymachos sich anschickte,
dir dieses Messer in den Rücken zu stoßen.
TELEMACHOS
Warum sollte Eurymachos mich umbringen wollen?
ODYSSEUS
Bist du nicht der Sohn des Königs Odysseus?
Telemachos?
TELEMACHOS
Doch.
ODYSSEUS
Dein Vater ist wieder hier.
TELEMACHOS
Woher weißt du das?
ODYSSEUS
Ich habe ihn gesehen.
TELEMACHOS
Wie sah er denn aus?
ODYSSEUS
Er ist älter geworden.
TELEMACHOS
Jeder wird in zwanzig Jahren älter.
ODYSSEUS
Er sieht jetzt mir ähnlich.
TELEMACHOS
Mein Vater ist ein Held,
kein Straßenköter.
ODYSSEUS
Er ist auf dem Weg zum Palast.
TELEMACHOS
Meinst du, ich glaube deiner falschen Zunge?

ODYSSEUS

Wo Antinoos heute Abend den Bogen deines Vaters spannen wird.

TELEMACHOS

Woher weißt du das?

ODYSSEUS

In dem vornehmen, großen Saal im Haus deines Vaters,
Mit den bronzenen Schwellen und Wänden von kupfernem Glanze,
Wo die silbernen Hunde, geschmiedet vom lahmen Hephaistos,
Ewig jung, den Thron des stolzen Odysseus bewachen,
Dort wird der Bogen, den Iphitos einst ihrem Gatten geschenkt hat,
Von deiner angebeteten Mutter aufgestellt werden,
Angestarrt und beäugt von zweihundert lauernden Augen.
Ohne Erfolg wird Antinoos trachten, den Bogen zu spannen.
Dann sollst du zeigen, wer du bist: der Sohn des Odysseus,
Kommender König des Landes. Apollo wird dann erscheinen,
Gott des silbernen Bogens, Mut und Kraft dir zu geben,
Das zu tun, was keiner vermag, es sei denn Odysseus.
Dann wird's still werden rundum im Saal und zweihundert Augen
Werden mit Neid und Mordlust auf dich unverwandt starren.
Ruf dann: Odysseus, Odysseus. Und er wird kommen, dein Vater.
Gnadenlos, ohne Erbarmen wird er Antinoos lehren:
Ungestraft darf niemand die Frau eines Königs bedrängen.
Mit einem einzigen flammenden Pfeil aus dem goldbraunen Köcher
Wird Odysseus Antinoos' Kehle schwirrend durchbohren,
Und die Rache der hohen, ewigen Götter vollstrecken.

TELEMACHOS

Wer bist du?

ODYSSEUS

Du wirst mir nicht glauben.

TELEMACHOS

Bist du ein Gott?

ODYSSEUS

Ich bin Odysseus.

TELEMACHOS

Es tut mir Leid,

dass ich dich einen Hund nannte.
Aber quäle mich nicht
mit dem Namen meines Vaters.

ODYSSEUS

Ich bin dein Vater.

TELEMACHOS

Wie kann ein Mensch, der den Mond sieht, glauben, er sehe die Sonne?
Wie kann man stachlige Disteln mit duftenden Rosen verwechseln?
Einen Helden erwart ich als Vater, mutig und tapfer.
Wie kann ich denn einen Bettler annehmen als meinen Vater?

ODYSSEUS

Mach, was ich gesagt habe,
ruf zweimal meinen Namen,
ich werde kommen.

19
Auf dem Olymp / im Palast *simultan.*

Zeus, Poseidon, Athene / Telemachos, Antinoos, Odysseus, Penelope

TELEMACHOS

Antinoos!
Um die Ehre meines Vaters zu verteidigen,
fordere ich dich auf,
den Bogen, den er von Iphitos bekommen hat,
zu spannen.

ZEUS

Poseidon!
Du hast es gewagt, dich meinem Willen zu widersetzen,
ich fordere dich zum Zweikampf.

ANTINOOS

Telemachos,
alter Freund,
reg dich nicht auf.
In ein paar Tagen sind wir Verwandte.

POSEIDON
Immer mit der Ruhe, kleiner Bruder.
Vergiss nicht, ich bin älter als du.
TELEMACHOS
Sollte es dir gelingen,
erlauben dir die unsterblichen Götter,
Odysseus' Frau zur Gattin zu nehmen.
ZEUS
Greif zum Dreizack und verteidige dich.
Sonst stürzen dich Bündel von Blitzen,
Geschenk der Kyklopen,
in tiefste Tiefen.
ANTINOOS
Welcher Odysseus?
Gibt es jemanden,
der ihn in den letzten zwanzig Jahren gesehen hat?
POSEIDON
Pass auf, Bruderherz,
sonst schick ich dir Flutwellen
aus allen Meeren,
Fluten,
höher als der Olymp.
TELEMACHOS
Wenn es dir nicht gelingt,
mir aber sehr wohl,
verlass dann den Palast,
und komm nie mehr zurück.
ZEUS
Traust du dich,
dem Wolkensammler,
dem Blitzeschleuderer,
dem Himmelsverfinsterer,
zu drohen?
ANTINOOS
Lass den Bogen herein tragen.
Ich werde ihn spannen

zu Ehren der ewigen Götter
und als Lobgesang
auf die unvergängliche Schönheit deiner Mutter.

POSEIDON

Ich, Poseidon, der Erderschütterer,
Gott der Meere,
einst,
zu Urzeiten,
von meinem eigenen Vater,
dem großen Kronos
verschlungen,
später wieder ausgekotzt,
ich darf alles.
Alles, alles, alles.

TELEMACHOS

Antinoos,
schwöre bei der strahlenden Aphrodite,
bei der Göttin der Liebe,
dass du meine Mutter und mich
in Ruhe lässt,
solltest du verlieren.

ANTINOOS

Mein Wort gebe ich dir,
schwören tue ich nicht.

ZEUS

Gut,
ich habe dich gewarnt.
Meine Donnerschläge sollen dich verbannen
an den entlegensten Ort,
in den schauerlichen Tartaros,
wo Titanen ohnmächtig ihre Hände ringen,
wo du lernen wirst, was Demut bedeutet.

ATHENE

Dann schien das Himmelsgewölb aus den wankenden Fugen zu brechen.
Zeus ließ Ägis, den mächtigen Schild, die Erde verfinstern.
Ohne Unterlass schleuderte er die glühenden Blitze

Auf den trotzigen Bruder, der alle Meere zu Hilf rief,
Mit dem gleißenden Dreizack das tobende Wasser zerwühlte,
Bis es wild den Olymp bedrohte mit haushohen Wellen.
Aber auf Erden, im hehren Palast des berühmten Odysseus,
Suchte Antinoos Mal um Mal den Bogen zu spannen,
Doch vergeblich. Zusehen musst er, verärgert und bangend,
Wie sein Rivale, ein trefflicher Schütze, Sohn des Odysseus,
Tat, was er selber nicht konnte: ruhig schritt er nach vorne,
Legte den Pfeil auf den Bogen und spannte die klirrende Sehne.
Schlank schoss der Pfeil durch die Luft, ein deutliches Zeichen der Götter.
Still ward die Erde, bestürzt vom Fall des großen Poseidon.
Von einem siedendheißen Blitz in die Rippen getroffen,
Glitt er langsam ab, bis tief in Okeanos' Schlünde.
Still ward es auch im Saal, wo Antinoos' gierige Freunde
Frech auf Telemachos starrten, die Hand an den blitzenden Waffen.
Bis er sich umsah im Saal, der Sohn des Helden, laut rufend:

TELEMACHOS

Vater! Odysseus! Odysseus!

ODYSSEUS *tritt auf*

Bebe, Antinoos, bebe, dein letzter Tag ist gekommen.
Zittere, Wurm, der es wagte, meine Frau zu begehren,
Der bereit war, meinen Sohn, mit Hilfe von Freunden,
Niederträchtig in eine andere Welt zu befördern,
Fern von den Lebenden, fern von Vater und liebender Mutter.
Wisse, der Tod, der deiner harrt, ist erbärmlich und grausam,
Ehrloser als der Tod eines heimlich vergifteten Köters.
In diesem Köcher liegen die Pfeile, die dich und die Freunde
Treffen werden mitten ins Herz, ohne Gnade und Skrupel.
Willst du noch etwas sagen, Antinoos, tu es, beeil dich.
Gleich liegst du in einer Pfütze dunkelrot strömenden Blutes,
Quellend aus dem gähnenden Loch in der stimmlosen Kehle.

ANTINOOS

Bist du Odysseus, der Städteeroberer, Irrfahrtgeprüfte?
König von Ithaka, Held von Troja, ich bitte um Nachsicht.
War doch mein einziger Fehler, dass ich sie liebte, die Holde,
Unvergleichlich Sanfte, so lieblich in ihrer Erscheinung.

ODYSSEUS

Feiger Hund, der nicht kämpft um sein Leben, die Ehr nicht verteidigt.
Dich samt all deinen Freunden werd ich vernichten wie Ratten.

PENELOPE

Warte, mein Leben, mein Lieber, ich flehe dich an, mein Odysseus.
Bitte, bring ihn nicht um, so wenig als all seine Freunde.
Kann deine Heimkehr mich freuen, wenn heiße Blutströme fließen?

ATHENE

Still ward es auf dem Olymp und ebenso still auf der Erde.
Göttern und Menschen stockte der Atem, alles hielt inne.
Alle wollten jetzt hören, was der große Odysseus
Seiner Gattin zu sagen hat, ihr, die er grenzenlos liebte.
Und es sagte der Held, was der hohe Zeus ihm geflüstert:

ODYSSEUS

Du hast Recht.
Es wurde genug gekämpft.

Epilog

Fünfunddreißig Jahre später
Penelope, Odysseus, Hermes

PENELOPE
Hörst du die Wellen?
Siehst du die Vögel?
Riechst du die Luft?
Das ist Ithaka.

ODYSSEUS
Unser Ithaka.

PENELOPE
Wo wir viel erlebt haben.

ODYSSEUS
Viel Freude,
viel Kummer.

PENELOPE
Weißt du,
was für ein Tag heute ist?

ODYSSEUS
Nein.

PENELOPE
Wirklich nicht?

ODYSSEUS
Es tut mir Leid.

PENELOPE
Heute
vor fünfunddreißig Jahren
kamst du nach Hause.

ODYSSEUS
Zu dir.

PENELOPE
Und deinem Sohn.

ODYSSEUS
Unserem Sohn.
Unserem König.
PENELOPE
Wir sind zusammen alt geworden.
ODYSSEUS
Wer hätte das gedacht.
PENELOPE
Wir haben Enkel.
ODYSSEUS
Das Geschlecht Laertes lebt weiter.
PENELOPE
Dank sei Zeus.
ODYSSEUS
Dank sei Pallas Athene.
PENELOPE
Seltsam.
ODYSSEUS
Was?
PENELOPE
Dass es nicht aufhört,
dass es immer weitergeht,
die Liebe,
das Leben.
ODYSSEUS
Was meinst du?
PENELOPE
Früher war ich schön,
jetzt bin ich hässlich.
ODYSSEUS
Du bist immer noch schön.
PENELOPE
Für eine alte Frau,
meinst du.
ODYSSEUS
Für einen alten Mann.

PENELOPE
Ich muss dir etwas sagen.
ODYSSEUS
Was?
PENELOPE
Ich fühl mich nicht gut.
ODYSSEUS
Was hast du?
PENELOPE
Ich glaube, ich sterbe.
ODYSSEUS
Unsinn.
PENELOPE
Doch.
ODYSSEUS
Wie ist dir?
PENELOPE
Ich kann es nicht sagen.
Es geht einfach zu Ende.
ODYSSEUS
Wann?
PENELOPE
Heute Nacht.
Heute Abend.
Jetzt.
ODYSSEUS
Komm,
wir gehen rein.
Es wird kalt.
PENELOPE
Nein,
bleib sitzen.
Es ist gut so.
ODYSSEUS
Sonst stirbst du mir noch.

PENELOPE
Das tu ich auch.
ODYSSEUS
Doch nicht jetzt.
PENELOPE
Warum nicht?
ODYSSEUS
Mich allein lassen?
PENELOPE
Bei deinem Sohn.
Und deinen Enkeln.
ODYSSEUS
Ich will dich.
PENELOPE
Gib mir deine Hände.
ODYSSEUS
Du bist ganz kalt.
Telemachos!
PENELOPE
Sssst.
Ich will allein sein
mit dir.
ODYSSEUS
Was soll ich machen?
PENELOPE
Nichts.
Warten.
ODYSSEUS
Worauf?
PENELOPE
Auf die Stille.
Auf das Ende.
ODYSSEUS
Aber ich liebe dich.
PENELOPE
Darum.

ODYSSEUS

Ich kann nicht ohne dich leben.

PENELOPE

Es wird nicht lange dauern.

ODYSSEUS

Was?

PENELOPE

Dann kommst du auch.

ODYSSEUS

Wann?

PENELOPE

Bald.

Stille.

ODYSSEUS

Als ich weg war,
dachte ich jeden Tag an dich.

PENELOPE

Das weiß ich.

ODYSSEUS

Wenn du weg bist,
denke ich wieder jeden Tag an dich.

PENELOPE

Mach das.
Still jetzt.
Umarme mich.
Küss mich.
Ich gehe.

Odysseus küsst Penelope.
Penelope stirbt.
Hermes führt Penelope weg.

AD DE BONT

Geboren 1949 in Waspik (Niederlande). Nach dem Studium an der Pädagogischen Hochschule in Amsterdam 1972-75 Schauspielschule. Ab 1975 Schauspieler und Autor bei verschiedenen niederländischen Theatergruppen. Seit 1982 künstlerischer Leiter des Amsterdamer Kindertheaters Wederzijds.
Die Theaterstücke Ad de Bonts wurden in mehr als zehn Sprachen übersetzt.

Theaterstücke: *Prinzess Alena* 1982; *Longen van de stadt* 1982; *Het bijzondere leven van Hilletje Jans* (Das besondere Leben der Hilletje Jans) 1983; *Schemer en Kopzorg* (Dussel & Schussel) 1984; *Verzamelen voor de bruid* (Die Versammlung um die Braut) 1985; *Het verdronken Land van Milo* (Das ertrunkene Land) 1985; *De Wees de Chao* (Der Sohn des Chao) 1986; *Het verhaal van de duivel* 1987; *De ballade van Garuma* (Die Ballade von Garuma) 1989; *De papagaaiejas* (Die Papageienjacke) 1991; *Mirad, en jongen uit Bosnie* (Mirad, ein Junge aus Bosnien) 1993/94; *Wolken zijn drijvend verdriet* (Wolken sind ziehender Ärger) 1993; *Rupa Lucian* (Rupa Lucian)1996. *De dochter van de boevenkoning* (Die Tochter des Ganovenkönigs) 1997. *Vosje* (Füchslein) 2000. *Moeder Africa* (Mutter Afrika) 2004.

Zahlreiche Auszeichnungen, u.a.: Deutscher Kindertheaterpreis 1998 für *Die Tochter des Ganovenkönigs.*

BARBARA BURI

Geboren 1939 in Täuffelen am Bielersee (Schweiz). Schulausbildung in Basel. Schauspielschule in München. Von 1961-66 Schauspielerin in München, Basel, Stuttgart und Bremen. Wiederholt längere Aufenthalte in Japan.
Ab 1975 Kostümbildnerin in Darmstadt, Düsseldorf, Arnheim, Amsterdam, Zürich. Seit 1995 Übersetzerin aus dem Niederländischen und Flämischen unter anderem von Ad de Bont, Suzanne van Lohuizen, Arne Sierens und Karst Woudstra. Lebt in Frankfurt am Main.
Für ihre Übersetzung von *Die Tochter des Ganovenkönigs* erhielt Barbara Buri ebenfalls den Deutschen Kindertheaterpreis 1998.